L'ENCRE BLEUE DE CHIGAGA

Du même auteur :

L'Inconnu de Sifnos / BoD-Books on Demand - 2018

Jean-François DOMINIAK

L'encre bleue de Chigaga

et autres nouvelles

Éditeur : BoD-Books on Demand
12-14 rond-point des Champs-Élysées, 75008 Paris
Impression : Books on Demand, Norderstedt, Allemagne

Illustration : Jean-François DOMINIAK

ISBN : 978-2-3221-8884-0
Dépôt légal : 11-2019

À Jean Delhêtre

L'encre bleue de Chigaga

Le 4X4 progresse tranquillement depuis Mhamid vers les dunes de Chigaga, à la frontière du Maroc avec l'Algérie.

Il fait froid en ce matin du 31 décembre, mais le soleil qui pointe réchauffe les passagers engourdis. C'est l'heure que préfère Mourad pour emmener les touristes leur faire découvrir son désert. Il a été les chercher hier à Marrakech, Arnaquech comme on dit ici. Un couple de français venus passer le réveillon de fin d'année dans le Grand Sud.

Elle s'appelle Eloïse et lui Jean-Rodrigue.

Ils sont arrivés de nuit au campement de Mhamid, après une journée épuisante de route. C'est Eloïse qui a emmené Jean-Rodrigue dans cette contrée reculée. Il s'est laissé faire. Pour lui faire plaisir. Car Eloïse connaît bien cet endroit qu'elle a découvert l'année précédente, seule. Seule, parce Jean-Rodrigue était ailleurs dans sa tête, et parce qu'elle avait besoin aussi d'être seule. Un endroit qui depuis ne quitte plus le coin de son esprit.

Jean-Rodrigue avait accepté de l'accompagner au dernier moment. Juste quelques jours dans le désert. Pourquoi pas, après tout. Plutôt que de tourner en rond comme une cuillère en bois qui au bout du compte rate sa mayonnaise de spleen, comme à chaque fois les 31 décembre.

Ce matin, il fait vraiment froid. Mais quel choc pour Jean-Rodrigue que de découvrir cette étendue désertique. Il est bouché bée, littéralement sidéré. Eloïse ne boude pas son plaisir de le voir ainsi. Et elle se laisse gagner aussi par la contemplation du désert.

Mourad roule. Plus qu'un métier, c'est sa passion. Voyager, bouger, comme tous ceux de sa tribu qui l'ont précédé, depuis les fins fonds du Yémen jusqu'au Grand Sud du Maroc. Les Berbères. Il aurait pu devenir militaire, être mieux payé et assuré d'un emploi. Il avait même essayé. Mais les hommes du Sud aiment trop la liberté. Et l'armée n'est pas faite pour la liberté. Alors, il s'est lancé dans le tourisme, et, grâce à Dieu, ça le fait vivre. Il aime son pays, le désert, et il aime le faire découvrir. Le soir, il sort son banjo du coffre de son 4x4 et chante autour du feu de camp de vieilles mélodies avec les autres chauffeurs. Juste pour le plaisir de ses clients. Juste, et peut-être surtout, pour leur propre plaisir à eux, les hommes du désert.

Le désert. Inexplicable tant qu'on ne l'a pas rencontré. Incompréhensible tant qu'on ne l'a pas ressenti. Rempli de vie et de néant. Rempli d'histoires étranges.

Mars 1916. Younes redescend de la ligne de front, à quelques kilomètres à peine de là. Il fait partie d'un peloton du Régiment de Marche de Tirailleurs Marocains engagé dans la Grande Guerre pour servir la Patrie. Il est de Mhamid.

Ça fait quatre ans qu'il est dans l'armée. Son régiment s'appelait à l'époque le 2ème régiment de Chasseurs Indigènes de la fameuse Brigade Marocaine du Général Ditte. Une brigade qui en a vu sur l'Ourcq et sur la Marne au début de la guerre. Une brigade qui en a tellement vu qu'elle a dû être dissoute fautes de combattants quelques mois seulement après être arrivée sur le sol de la Patrie pour être réorganisée et devenir le

« Régiment de Marche de Chasseurs Indigènes » qui fait l'admiration de tous pour sa vaillance.

Younes n'avait pas choisi de venir servir la Patrie. En tout cas, pas cette Patrie-là qu'il ne connaissait pas. Il s'était engagé dans les troupes marocaines constituées par un général français, le général Hubert Lyautey. Et lui, Younes, il voulait aider ce général à faire de son pays un vrai pays. Le Maroc.

Et puis la guerre est arrivée, qui a tout bouleversé. La Patrie était en danger, et il fallait des hommes pour la protéger. Des hommes, toujours plus d'hommes. Des hommes comme Younes, qui se retrouvaient ici, à se battre loin de chez eux. Lançant des attaques de nuit pour gagner quelques mètres de terrain vite perdus à nouveau le lendemain face aux contre-offensives de l'ennemi. Dans la boue, au milieu d'arbres déchiquetés. Parmi les morts qui se relevaient au son des obus qui les frappaient à terre en pleine gueule. Dans la pluie. Dans le froid.

Où est son désert ? Pourquoi se bat-il ? Pour qui ?

Certes, Younes se bat bien. C'est pour cela qu'il est devenu sous-officier et que ses hommes lui font confiance. Comme il fait confiance à son lieutenant,

Gaston de Gisvres, qu'il suit depuis le fort de Ouarzazate.

Confiance dans l'homme. Younes avait toujours eu confiance dans l'homme. C'est essentiel pour un homme du désert. Mais ici, ce n'est pas le désert. Ici, rien n'est beau. Ici, les hommes s'entretuent, se massacrent. Alors la confiance dans l'homme en prend un coup. L'homme peut être beau se disait-il, mais jamais bon. Beau comme les poèmes de Kostro, un poète qu'il a rencontré par hasard un jour de repos et qui s'est lié d'amitié avec lui on ne sait pourquoi. Peut-être à cause du chèche bleu que Younes porte comme une amulette lui rappelant son désert, bleu comme l'encre du recueil de poèmes que Kostro avait fait polygraphier en quelques exemplaires avec les moyens du bord. Peut-être aussi à cause de la mélancolie des mélodies berbères que Younes aimait chanter le soir autour du feu avec Kostro.

Ce matin-là, Younes redescend de la ligne de front, exténué. Il s'est encore battu toute la nuit pour gagner quelques mètres. Et puis la relève est arrivée pour tenir la position. En passant par le Bois des Buttes, il aperçoit son ami Kostro.

-      Younes, Younes, hèle Kostro, un exemplaire du

Mercure de France roulé sous le bras, viens, j'ai quelque chose pour toi.

Kostro tend à Younes un petit carnet bleu.

- J'ai retrouvé un exemplaire de mon recueil de poèmes-dessins. Il s'appelle Case d'Armons. Je t'avais montré le mien l'autre jour. Celui-ci est à toi désormais. C'est le dernier de la série. Qu'il te porte chance.

Younes embrasse son ami et glisse le carnet dans son sac. Il n'arrive pas à articuler le moindre mot de remerciement, abruti de fatigue et submergé par l'émotion.

- Va te reposer, lui dit Kostro. On se retrouve bientôt.

Novembre 1942. L'opération Torch a été un succès. Le gouvernement de Vichy a rendu les armes en Afrique du Nord. Younes est inquiet. Les tirailleurs marocains vont reprendre du service. Et dans des conditions bien plus redoutables que trois ans auparavant quand il s'était agi d'aller défendre à nouveau la Patrie. Parce que maintenant, il va falloir vaincre, coûte que coûte, comme quand il était sur le Chemin des Dames avec son ami Kostro. Que de drames en perspective. Que d'horreurs à venir. Younes est trop vieux pour y participer. Et ça lui va bien de ne pas y aller, lui qui est rentré en héros en 1920 à Mhamid, tout auréolé de la gloire de ses décorations. Médaille militaire et Légion d'Honneur. Ça lui va bien de ne pas pouvoir repartir au front, de ne pas voir à nouveau ses camarades tomber autour de lui au cours des attaques, de ne pas revivre la mélancolie du pays, de ne plus éprouver au plus profond de son être l'absurdité de la guerre, de ne plus devoir faire le deuil de la bonté humaine. Car il a dépassé tout ça à force d'avoir vu tant d'horreurs. Il est devenu un vrai misanthrope.

C'est pourtant grâce à la guerre que Younes avait rencontré son ami Kostro. Kostro, le poète qui savait embellir la guerre, malgré tout. Parce qu'il croyait en la nécessité de la guerre et qu'il était sûr de la victoire ? Par dérision ? Ou tout simplement pour la beauté du feu des batteries d'artillerie dans le ciel étoilé ? Younes ne l'avait jamais vraiment su.

Il n'avait jamais revu son ami après leur dernière rencontre dans le Bois des Buttes. Car ce même jour, en fin d'après-midi, la canonnade ennemie avait repris et un éclat d'obus avait transpercé le casque et le crâne de Kostro. Kostro avait été transporté dans les lignes arrière et avait fini la guerre à Paris. Il avait continué à adresser des lettres à Younes. Et comme les services postaux fonctionnaient bien pour entretenir le moral des troupes, Younes les recevait. Un jour, il reçut de Kostro un livre. C'était vers la fin de la guerre, en 1918. Il s'intitulait Calligrammes. Avec une lettre de son ami qui lui disait qu'il avait enfin trouver un nom pour ses poèmes-dessins. Il les appellerait des Calligrammes. Ce fut la dernière correspondance qu'il reçut de Kostro, dont il découvrit ce jour-là sur la couverture du livre qu'il s'appelait Guillaume Apollinaire. Younes apprit bien plus tard que son ami était mort quelques mois plus tard de la grippe espagnole, deux jours seulement avant la fin de la guerre, et qu'il ne pourrait donc plus jamais chanter avec lui ses chansons berbères.

Younes était resté un temps dans l'armée à son retour de la Grande Guerre. À Ouarzazate. Puis il était revenu s'installer à Mhamid. Il avait essayé de reprendre goût à la vie, mais c'était difficile. Seul le désert lui parlait. Et il parlait au désert. Il avait quelques amis qu'il avait connus pendant la guerre. Mais ils se voyaient peu. Car on ne peut pas être mélancolique de la guerre. Il ne s'était pas marié. Car personne n'aurait pu supporter ses angoisses permanentes. Il n'avait pas eu d'enfants. De peur qu'un jour quelqu'un les tue comme lui-même avait tué les enfants d'autres parents. Il vivait de sa retraite d'ancien combattant et de toute sorte de services qu'il rendait à la communauté ou aux voyageurs de passage. En fait, on ne savait pas trop de quoi il vivait, mais il vivait.

C'est ainsi que bien des années plus tard, quand il s'était agi de trouver un gardien pour surveiller les abords de la nouvelle station solaire qui devait apporter de l'électricité au désert, on s'adressa tout naturellement à Younes. Il était l'homme de la situation. Car la station se trouvait à une demi-journée de piste du village en voiture, près d'un ancien fort militaire abandonné depuis longtemps, mais encore debout avec son puits rempli d'eau en toutes saisons. Certes Younes était vieux. Mais il l'était depuis si longtemps. Et quand on lui proposa d'occuper ce poste, il l'accepta bien évidemment avec joie.

- Dis-moi, Mourad, interroge Jean-Rodrigue sortant un instant de sa torpeur du matin, qu'est-ce que c'est que ces bâtiments là-bas ?
- C'est un vieux fort militaire, lui répond Mourad. Il a aussi servi d'habitation à un vieux de

Mhamid, il y a quelques années. Il s'appelait Younes. Il était en charge de garder la station solaire que tu vois là-bas. Enfin, ce qu'il en reste.

À quelques centaines de mètres à gauche de la piste s'étendait un vaste rectangle de désert délimité par une vague clôture de fils de fer barbelés. Le terme de clôture est en fait inapproprié. Plutôt un ensemble de piquets reliés entre eux par quelques fils disparates. Au sein de l'enceinte incertaine, d'autres piquets verticaux se dressent vers le ciel. Bien alignés en rangées doubles, comportant des piquets hauts sur une rangée et des piquets bas sur l'autre.

- Tu vois, reprend Mourad, il n'y a plus de panneaux solaires. Ils ont été volés en une nuit. On n'a jamais su par qui. Certains pensent que c'est une bande organisée qui venait d'on ne sait où. Ça vaut cher des panneaux solaires pareils. D'autres que ce sont des gens du village. D'autres même que c'est le vieux Younes. Parce qu'il a disparu la même nuit. Moi je sais que ce n'est pas lui. D'abord, parce qu'il était trop vieux. Ensuite, parce qu'il n'aimait pas l'argent. Il s'en moquait d'en avoir ou pas. Moi, je crois que les voleurs l'ont tué et qu'ils ont jeté son corps quelque part, et qu'on ne le retrouvera jamais. De toute façon, on ne l'a pas beaucoup cherché quand il a disparu. Il n'avait pas de famille. Il n'intéressait personne, le vieux Younes.

Mourad passe la première. La piste change d'aspect en s'approchant du vieux fort.

- J'aimais bien le vieux Younes. Chaque fois que je passais par ici, je m'arrêtais pour lui donner des nouvelles de Mhamid. Car il n'y venait quasiment jamais. Il vivait comme les nomades, sauf que lui, il ne bougeait pas. C'était le monde qui venait à lui, les guides comme moi qui emmenaient des touristes, ou les caravanes de touaregs de passage. Chacun lui laissait un peu de nourriture, et ça lui suffisait. Je crois qu'il m'aimait bien aussi. Quand je m'arrêtais seul, sans touristes, nous passions un peu de temps à discuter tous les deux en prenant le thé. Un jour il a voulu me faire visiter son habitation. C'était un peu avant qu'il ne disparaisse. Il m'a dit : viens, je veux te montrer mon travail.

Mourad arrête le 4x4 devant le fort.

- Il faut que je vous le montre, le travail de Younes, dit-il à Jean-Rodrigue et Eloïse. Et vous devez m'aider, car je ne peux plus garder le secret plus longtemps tout seul. Le temps est venu.

Ça fait des mois que je suis ici tout seul dans le désert. On m'a dit de garder la centrale solaire pour éviter que des gens ou des bêtes ne viennent la détériorer. Seul. Enfin. Loin du monde. J'ai emmené avec moi ton livre et ton petit carnet bleu, Kostro. Tu es le seul avec qui j'aimerais être ici. Même si tu t'y serais ennuyé au bout d'un moment. Mais je suis sûr que tu serais fier de mon travail poétique. Regarde, c'est terminé.

Mourad coupe le moteur et sort du 4x4 aussitôt accompagné de Jean-Rodrigue et Eloïse. Il sort de sa poche un trousseau de trois clefs et introduit la plus grosse dans la serrure de la grande porte du vieux fort.

- Ce sont les seules clefs qui existent, dit-il. J'ai réussi à faire en sorte que personne ne vienne à l'intérieur du fort jusqu'à aujourd'hui. Je vous ouvre.

Continuer de marcher. Tout droit vers le Nord. La nuit m'est bienveillante. Personne ne peut me remarquer et je ne suis pas accablé par la chaleur du jour. J'ai mal au côté droit, mais je tiens bon. Tenir. C'est ce que disait le Lieutenant au Chemin des Dames. Tenir la ligne de front, jusqu'à la relève. Tenir pour avoir le bonheur d'aller ensuite retrouver les amis, à l'arrière. Ce soir, je tiens pour toi, mon ami Kostro. Ce soir, ils ne m'auront pas. Ce soir, ils ne t'auront pas. Je t'emmène avec moi.

La vieille porte du fort s'ouvre avec un grincement joyeux. Une vaste cour s'étend toute entourée d'un mur d'enceinte. De chaque côté de la porte, à l'intérieur, deux escaliers rejoignent le chemin de ronde d'où les sentinelles scrutaient l'horizon.

- On se croirait à Afghar dans le Crabe aux Pinces d'Or, se dit Jean-Rodrigue qui doute de plus en plus de la réalité qui l'entoure, comme s'il vivait dans un songe.

Au fond du fort, deux bâtiments se font face, accolés à deux coins opposés du mur d'enceinte.

- C'est dans ce petit bâtiment que Younes vivait, explique Mourad en faisant tourner la deuxième clef de son trousseau dans la serrure de la porte d'entrée.

À l'intérieur, un lit, une table, deux chaises et un poêle à bois pour le chauffage l'hiver et pour y faire chauffer l'eau pour le thé.

- C'est sommaire, commente Jean-Rodrigue.
- Et maintenant, venez. C'est dans l'autre bâtiment que se trouve le travail de Younes, murmure Mourad avec respect.

Ma blessure me fait souffrir. Au même endroit qu'à Craonne. Mais à l'époque j'étais jeune. Et puis c'était un coup de baïonnette. Pas une balle de fusil comme aujourd'hui. Quand j'ai entendu du bruit l'autre nuit autour de la centrale solaire, je savais que ça allait mal se passer. Il y avait deux 4x4 et un camion. Je suis sorti pour aller voir. Ils étaient en train de démonter les panneaux solaires et de les charger dans le camion. Je les connais, tous. L'un d'entre eux activait les autres. « On va se faire un bon paquet », disait-il aux autres pour les encourager. « Dépêchez-vous et allons faire sa fête au vieux fou. Il nous connaît et il pourrait aller tout raconter à la police ». Alors je suis retourné en vitesse au fort, j'ai pris ton carnet bleu, Kostro, je l'ai mis dans mon sac et j'ai fui. Ce n'était pas très glorieux, mais je n'avais pas le choix. Ils étaient trop nombreux et moi trop vieux. Mon idée était d'aller me réfugier chez

Rachid. Tu le connais, Kostro. On était ensemble au Chemin de Dames, et il chantait avec nous la nuit à l'arrière. Rachid est bien vieux maintenant. Comme moi. Mais il est toujours vaillant. Il accompagne toujours ses fils quand ils se déplacent avec leur troupeau de dromadaires. Ils sont venus me saluer la semaine dernière. Ils sont installés dans un campement à une petite journée de marche au Nord. Ce n'est pas si loin. Tenir jusque là-bas.

Mourad fait tourner la troisième clef dans la serrure de la porte du grand bâtiment. Une vaste pièce apparaît, totalement vide, mis à part une petite table basse en son centre et des tapis recouvrant totalement le sol. D'étroites meurtrières laissent passer la lumière. Les murs sont recouverts de fresques peintes à l'encre bleue.

- Les Calligrammes, s'exclame Eloïse, dont Apollinaire est le poète favori. C'est extraordinaire !

Tenir. Ma blessure me brûle. Les salauds, ils ne m'ont pas raté. J'avais pourtant réussi à partir discrètement avec mon sac sur l'épaule. Et puis il a fallu que je heurte cette racine, que je jure contre cette racine en pensant à Sartre, que l'un de ces salauds m'entende et qu'un autre, ou peut-être le même, me mette en joue, fasse feu et ne me rate pas. Ils ont essayé de me chercher ensuite, mais j'ai réussi à m'esquiver. Et puis l'un d'entre eux a dit que le jour se levait, et qu'il fallait y aller, que de toute façon je ne réchapperai pas à cette blessure, et que même si j'en réchappais et que je les dénonçais, personne ne croirait un vieux fou comme moi vu qui ils étaient, eux. Alors ils m'ont laissé et depuis je me traîne comme je peux pour aller retrouver Rachid car le temps presse, je le sens bien. Et tu ne peux pas finir comme ça mon ami. Ma dernière mission.

Les Calligrammes. Parfaitement dessinés. Bleus. Eloïse n'en croit pas ses yeux.

- Mais comment a-t-il fait ? s'exclame-t-elle. Où a-t-il trouvé les modèles ? Et quelle peinture a-t-il utilisé ?
- La peinture, c'est de l'indigo, lui répond Mourad. On s'en sert à Marrakech pour teindre les chèches. Et les dessins, ils viennent d'un livre que m'a montré Younes. Je l'ai mis ici, sur la table. Regarde.

Eloïse n'en revient pas. Une édition originale des Calligrammes datée de 1918. Et qui plus est, dédicacée par l'auteur : À mon ami Younes, en souvenir de nos chants berbères sous le ciel étoilé du Chemin des Dames.

-   Younes avait aussi un petit carnet bleu que lui avait donné son ami poète qui a écrit ce livre. Mais je ne l'ai pas trouvé quand il a disparu.

Eloïse scrute plus précisément les Calligrammes peints sur les murs. Elle les connaît tous par cœur.
-   C'est étrange, dit-elle. Viens voir Jean-Rodrigue. Ce dessin-là. Il n'existe pas dans les Calligrammes.

Sous une meurtrière, le dessin d'un petit carnet bleu qui s'envole vers on ne sait où.

« Rachid ! Rachid ! », crie comme il le peut Younes en arrivant au campement de son ami qui sort d'un coup de sa tente en l'entendant hurler. « Rachid, mon ami. Les voleurs de panneaux solaires. Ils m'ont eu. Et cette fois, ce n'est pas comme à Craonne. Je ne m'en remettrai pas. Tiens, prends le carnet de Kostro. Et va le mettre en sécurité. Tu sais où ».

-   Apollinaire, que ses camarades de guerre

appelaient Kostro parce que son vrai nom Kostrowitzky était trop long à prononcer, a édité avec les moyens du bord vingt-cinq exemplaires de sa Case d'Armons sur le front, explique Eloïse assise dans le 4x4 qui les ramène à Mhamid pour un dernier Bivouac sous les Étoiles. Il les a tous offerts à ses amis, avec à chaque fois des annotations particulières. On connaît aujourd'hui dix-neuf de ces destinataires, dont Marie Laurencin, Madeleine Pagès, Lou et lui-même. Je serais bien curieuse de savoir où est passé celui de Younes désormais. Sans parler de la fortune qu'il représente.

Mourad leur a fait promettre, à Eloïse et Jean-Rodrigue, de garder le secret des Caligrammes du vieux fort. Au moins en attendant de réfléchir tous les trois à ce qu'ils pourraient faire de ce trésor impensable : les Calligrammes reproduits sur les murs d'un vieux fort en plein désert marocain. Jean-Rodrigue a tout de suite compris l'intérêt touristique d'une telle découverte qui séduirait bien des bobos parisiens. Eloïse y voit surtout une découverte culturelle sans précédent, un vrai message de mixité des cultures où la littérature française viendrait trouver refuge et grandeur en plein désert. Mourad, lui, ne voulait pas mettre en danger le travail poétique de son vieil ami Younes en ouvrant à n'importe qui la porte de son sanctuaire apollinairien.

Et puis Mourad a gardé pour lui un ultime secret qu'il ne révèlera jamais. Il est le seul, avec Rachid qui l'avait appelé à l'aide, à savoir où était la tombe de Younes. Mourad et Rachid ont enseveli Younes dans un coin de désert, non loin d'une oasis. Sans que personne ne le sache. C'était le vœu de Younes.

Eloïse et Jean-Rodrigue rangent leurs sacs de voyage dans le 4x4. Mourad les ramène à Marrakech. Sur le chemin du retour, ils font halte à Tamegroute. C'est dans ce village que se trouve une bibliothèque coranique renommée pour la diversité des ouvrages qu'elle contient. Eloïse veut absolument la visiter.

Un très vieil homme en assure la visite. Il s'appelle Rachid.

Et dans le coin d'une étagère, il y a un petit carnet bleu.

L'épopée de Gironde

Septembre 1914.

Je suis épuisée. Un mois de campagne déjà. Et depuis deux jours, nous n'arrêtons pas de marcher au sein même des lignes ennemies. Ce matin, notre escadron a reçu l'ordre de foncer au Nord, sur Soissons. Si nous y arrivons avant les troupes de von Klück, nous pourrons lui couper la retraite et cette guerre en prendra un sacré coup.

Sauf que nous sommes si fatigués. Sauf que l'envahisseur est en nombre bien supérieur à nous, qui n'arrête pas de nous harceler. Sauf que déjà Napoléon, cent ans auparavant, n'avait pas réussi à stopper Blücher au même endroit. L'histoire bégaie. Mais notre 16ème régiment de dragons, lui, est toujours là.

Le 16ème dragons. Quelle histoire !

Nous avons tout fait. Sous Louis XV, nous commençons nos exploits durant la guerre de Succession en Pologne et la guerre de Sept Ans. Sous la Révolution, nous rejoignons l'Armée de Naples. L'Empire fut propice à notre gloire. D'Austerlitz jusqu'à Waterloo, on nous trouva à Iéna, à Eylau sous les ordres de notre beau roi-maréchal Murat, à la Moskowa, à Hanau, à Vauchamps, à Fleurus. Plus tard, ce sera Magenta et Solférino, avant que nous ne vendions chèrement notre peau à Sedan.

Viendra ensuite le temps de la vie de garnison, et l'attente d'en découdre avec l'envahisseur qui nous avait ravi l'Alsace et la Lorraine. La garnison. A Reims. Dix ans que nous attendons. A Reims.

Moi j'y ai pris mes quartiers il y a quatre ans. Au début, c'était très tranquille. Des exercices, des parades, la vie en communauté. Et puis ces derniers mois, une fièvre combative s'est peu à peu installée dans l'esprit de tout le monde. Une fièvre nationaliste qui montait dans tout le pays, et même au-delà, dans toutes les nations d'Europe. Certains voulaient se libérer du joug des empires, d'autres au contraire voulaient les réaffirmer. Nous, nous voulions reprendre nos terres perdues en 1870. Alors pensez, quand l'archiduc s'est fait assassiner à Sarajevo et que les alliances se sont mises en branle pour déclencher cette guerre, nous avons explosé de joie. Enfin de l'activité !

Le 1er août, direction la Belgique. Nous y entrons le 6. Au début, tout va bien. Mais il nous faut nous replier et nous repassons la frontière le 23 pour nous installer près de Maubeuge. Nous n'y resterons que quelques jours avant de continuer notre retraite vers Nesle, puis sur la Somme, puis sur l'Avre. Nous combattons vaillamment fin août à Esclainvillers puis à Warluis. Et nous nous replions une dernière fois de l'autre côté de la Seine à Guyancourt, que nous atteignons le 2 septembre.

Quelques jours de repos, trop courts, et nous embarquons le 6 septembre à Versailles dans un train pour revenir sur l'Ourcq. Deux jours plus tard, nous sommes déjà en train de pénétrer par surprise les lignes adverses.

Aujourd'hui, nous sommes le 9 septembre. C'est la nuit, et je suis épuisée. J'ai tellement sommeil. « Souffrir de la faim, souffrir de la soif n'est rien au regard de souffrir de sommeil », dira plus tard un écrivain que je ne connais pas au moment de parler de notre épopée. Il aura raison.

Nous étions pourtant bien vaillants il y a encore quelques semaines à peine. Cette guerre allait être rapide tellement nous étions les plus forts. Ils allaient voir ce qu'ils allaient voir ces uhlans. On allait les balayer en deux coups de cuillères à soupe. Alors évidemment, tout le monde était confiant. A commencer par nos jeunes officiers qui ne rêvaient que de gloire.

Je les aime bien, moi, ces officiers. Surtout le mien, Gaston de Gironde, lieutenant du 2ème escadron du 16ème régiment de dragons.

Gaston de Gironde. Tout le monde l'aime dans notre escadron. Et moi peut-être plus que les autres. Il a quarante et un ans. Il est né à Ferrensac, dans le Lot-et-Garonne. Son nom complet c'est Eugène Marie Laurent Gaston de Gironde. Je devrais dire plutôt le Comte Eugène Marie Laurent Gaston de Gironde.

Il est beau mon Lieutenant. Ses cheveux blonds, ses yeux d'un bleu très clair. Et puis son idéal de servir la patrie, son mépris de l'argent, son amour des chevaux, des champs de course comme cavalier et non comme simple spectateur.

Mais ce soir il est tendu, mon beau Lieutenant. C'est que la situation dans laquelle nous sommes n'est pas simple. Entourés de partout par les ulhans, que pouvons-nous faire ? Il faut bien se rendre à l'évidence : couper la retraite de von Klück est une utopie. Mais au moins la mission « d'atteindre les arrières de l'ennemi et y jeter le désordre, se montrer partout, faire nombre, attaquer tout ce que l'on rencontrera » a été remplie. Il faut désormais songer à se replier, et si ce n'est pas possible, mourir face à l'ennemi. Mon pauvre beau Lieutenant.

Moi j'attends tranquillement sa décision. Je lui fais confiance. J'irai jusqu'au bout. Pour lui. Alors me reposer, c'est ce qui importe le plus pour le moment. Pour qu'il puisse compter pleinement sur moi, quand il aura décidé. Dormir, ne serait-ce que d'un œil.

Une heure trente du matin, ce 10 septembre.

Mon beau Lieutenant a décidé. Je ne sais pas quoi, mais il a décidé. Alors on y va. Il fait nuit, on n'y voit rien. Mais il a décidé. Au bout d'un kilomètre, certains d'entre nous mettent pied à terre. Ils ont à leur tête le sous-lieutenant Kérillis, ou devrais-je dire plutôt Henri

Adrien Calloc'h de Kérillis, agé de tout juste vingt-cinq ans, le second de mon beau Lieutenant. Une manœuvre se prépare. Et nous ne sommes plus que quelques-uns prêts à charger.

Ça y est, je vois vers quoi ! Huit avions, de type Aviatik, avec leurs grandes croix de Malte noires, sont docilement stationnés dans un grand champ découvert. Toute une escadrille à notre portée. Un bonheur !

-   Vive la France ! Vive la France ! Chargez !
    s'exclame mon beau Lieutenant.

Et nous chargeons. Une manœuvre combinant à la fois la force de frappe de la cavalerie et la diversion pour que nos troupes à pied puissent intervenir. Avec un seul but : détruire cette nouvelle arme redoutable qu'est l'aviation.

Nous sommes heureux. Nous chargeons comme nous nous sommes entraînés à le faire depuis de si longues années, comme toutes les charges qui nous ont réussi depuis ces dernières semaines. Nous chargeons. La fatigue a disparu. Nous chargeons, sabre au clair. Comme l'ont fait avant nous nos anciens. Pour la Patrie et pour la Gloire. Nous chargeons.

Soudain un crépitement de balles retentit. Nous chargeons toujours. Le crépitement redouble et l'odeur de la poudre remplit l'air. Nous chargeons. Nous traversons le champ dans lequel dormaient les Aviatik. Et je vois nos camarades armés de haches bondir vers les aéroplanes et les mettre en pièce. La charge est un succès.

Je m'arrête alors pour reprendre mon souffle. Une douleur vive me brûle la cuisse. Mais où est mon beau Lieutenant ? Je me retourne pour le chercher. Il est là, allongé dans l'herbe. Il est criblé de balles de mitrailleuse. Je m'approche pour le rassurer. Ça va aller. Les autres vont finir le travail et on trouvera bien des ambulanciers pour l'emmener. J'approche ma tête de la sienne. Il me regarde. Il sait.

- Va ma belle, me disent ses beaux yeux. Va, et dis-leur que Gaston de Gironde fut grand.

Il n'y a plus rien à faire. Et je me dois d'accomplir cette dernière mission. Alors j'y vais. Malgré la douleur à ma cuisse. Malgré mon envie de combattre avec les autres. Mon beau Lieutenant m'a donné une mission, alors j'y vais.

Retrouver le 16ème dragons. Là-bas, de l'autre côté des lignes. Chez nous. Heureusement, il fait nuit. Personne ne me remarquera. Aller vers où ? Mon beau Lieutenant saurait, lui. Il regarderait sa boussole, ou bien les étoiles pour se guider. Mais moi ? Alors aller là-bas, devant, là où je le sens. Et on verra bien.

Deux jours que je marche. Personne ne me voit. C'est étonnant mais on ne va pas se plaindre, ça marche. Je n'arrête pourtant pas de ressasser.

Pourquoi ?

Pas tant, pourquoi a-t-il voulu charger ? C'était une belle manœuvre de diversion permettant aux hacheurs de faire leur office. Et c'était réussi. A la place des ennemis, comment imaginer en effet qu'une charge de cavalerie pourrait détruire une escadrille d'avions.

Non, la question n'est pas là. La question c'est : pourquoi a-t-il voulu être lui-même à la tête de sa charge ? Avec tous les risques que ça comportait, alors qu'il était le chef de son escadron. Je ne comprends pas. Mais peut-être aussi que je ne peux pas comprendre, moi. Qu'est-ce qui pousse les hommes à chercher la gloire ? Surtout que plus tard on parlera certainement de cette charge de la cavalerie contre l'aviation comme la fin d'un monde face à l'émergence d'un autre, alors que ça n'a rien à voir. A preuve, les aviateurs qui deviendront ce qu'on appellera les As seront avant tout des cavaliers hors norme ! Comme mon sous-lieutenant Kérillis.

Non, je ne comprends pas.

Mais ce n'est pas grave. J'ai une mission à accomplir, moi. Et je vais l'accomplir. Malgré cette douleur à la cuisse. Je vais réussir. Encore un peu de courage.

Encore un peu… Encore …

- Mon capitaine, mon capitaine ! hurle Jean-René.
- Mon capitaine, venez voir ! C'est Turquoise qui arrive, la jument du lieutenant de Gironde.

Les marguerites

- Il se fait tard Tomasz. Tu devrais arrêter pour aujourd'hui, lui avait dit Janusz alors qu'il rangeait ses pinceaux et tout son matériel de peinture.
- Je reste encore un peu. Je ne peux pas venir demain, comme tu le sais, et je voudrais avancer. Rentre, toi, ne m'attends pas, lui avait répondu Tomasz.

Tomasz avait envie de rester seul ce soir. Il aimait bien son ami Janusz, mais il avait besoin depuis quelques temps d'un peu de solitude. Sans raison, comme ça. Mais il sentait que c'était nécessaire.

- Comme tu veux, lui avait lancé Janusz. À plus tard.

Ils avaient commencé tous les deux le chantier il y a

maintenant trois mois. Peindre l'intérieur de la chapelle Saint Josef dont la construction touchait à sa fin à Vilnius. Vilnius. C'était bien loin de leur village d'origine. Ce village de France, près d'Angoulême, qu'ils avaient quitté tous les deux il y a si longtemps pour aller faire fortune en vivant de leur art, la peinture murale sacrée dans les églises et les cloîtres de la chrétienté. À cette époque, ils s'appelaient Jean et Thomas, et c'était Jean qui avait eu l'idée d'exporter leur art au-delà de l'Angoumois. Ça marchait bien. Il faut dire qu'ils avaient du style et de l'inspiration. Et ça plaisait beaucoup au clergé qui voyait ses églises se remplir après leur passage, tout d'abord de curieux, puis de véritables dévots que la Grâce avait saisis.

Un jour, Thomas poussa plus loin l'entreprise, et proposa à Jean d'aller au-delà des frontières du Royaume de France, qui malgré son expansion continue devenait trop étroit pour les deux amis en quête d'aventures nouvelles. Ce fut alors Genève, Munich, Prague, Wittenberg. Mais la propagation des idées de la Réforme à la même époque dans le Saint Empire Germanique ne favorisait pas leurs affaires. Il fallait alors aller encore plus à l'Est, à la rencontre des terres catholiques, et même orthodoxes. Le royaume de Pologne, et enfin le Grand Duché de Lituanie. Vilnius.

Cette aventure les comblait dans ce 16ème siècle fascinant pour les artistes, mais aux routes si peu sûres. Une aventure qui finançait également, au gré de leurs commandes, le village où ils avaient laissé leurs familles et amis, et pour Thomas, sa bien-aimée.

C'est en traversant le royaume de Pologne que Thomas eu l'idée de changer leurs prénoms, de les adapter à la langue du pays, pour faire plus local, et parce que ça favoriserait les contacts avec les clients, au moins au premier abord. Ils étaient alors devenus Tomasz et Janusz. Ça plaisait aussi beaucoup à Janusz qui trouvait là un moyen supplémentaire de séduire les belles habitantes de Vilnius.

Les affaires marchaient bien. Mais Tomasz commençait à trouver le travail monotone. Peindre depuis cinq ans les mêmes saints, les mêmes archanges, les mêmes prélats, qu'ils soient évêques ou popes, les peindre dans les mêmes positions de sainteté, le regard illuminé, tout cela devenait trop répétitif. Certes de temps en temps il se permettait quelques blagues, pas méchantes, comme peindre un escargot le long d'une colonne pour montrer à quel point il est difficile de gagner l'éternité, ou bien une mouette rieuse cachée au-dessus de la chaire des prédicateurs se moquant de la condition humaine terrestre. Mais même ces blagues avaient fini par le lasser. Il affrontait une terrible crise de mélancolie. Mélancolie de son village, mélancolie de sa bien-aimée.

Cette crise devenait de plus en plus insupportable. Sa créativité s'envolait. Il ne peignait plus rien d'intéressant. Il lui fallait de nouvelles idées.

C'est ainsi qu'un matin qu'il traversait le quartier d'Uzupis, il eut la révélation. Peindre des marguerites. La seule fleur qu'il avait retrouvée partout dans son long voyage à travers toute l'Europe et qui lui rappelait son village, qui lui rappelait sa bien-aimée. Ce serait tellement drôle en plus, de peindre des marguerites plutôt que ces sempiternelles scènes extatiques d'illuminés rêvant d'ailleurs improbables. Et ce soir, l'heure était venue de mettre son plan à exécution.

Jaunes, blanches, vertes, et même rouges tant qu'à faire. Ils peignaient des marguerites de toutes les couleurs sur le mur sud de la chapelle, là où il avait remarqué qu'il faisait le plus chaud. Des marguerites, étincelantes de vie, de la vraie vie, celle des fleurs des champs qui ne célèbrent rien d'autre que l'existence, sans avoir de vues sur l'éternité. Reposant. Enfin.

Il y passa toute la nuit et finit par s'endormir au petit matin, épuisé.

- Qu'est-ce que c'est que ce bazar ! hurla Janusz en découvrant l'œuvre nocturne de Tomasz.
- Des marguerites, lui répondit Tomasz.
- Je le vois bien, bougre d'imbécile, lui répondit Janusz. Mais que veux-tu en faire ?

Et Janusz de faire la leçon à son ami. C'est que leurs familles attendaient leur bon argent au village et qu'imaginer vendre un nouveau concept, genre Peace and Love comme leur en avait parlé ce vieux fou d'anglais rencontré dans une taverne de Cracovie, c'était pas demain la veille que ça marcherait. Certes il voulait bien comprendre un moment de fatigue, mais quand même, les affaires avant tout que diantre !

Janusz saisit alors un bon gros pinceau, le trempa dans une peinture ocre bien épaisse, et se mît à recouvrir les délires picturaux nocturnes de son ami. Tomasz se laissa faire, et mît également la main à la pâte. En fin d'après-midi, les marguerites avaient disparu et les deux amis allèrent oublier cet épisode mélancolique dans une taverne où l'on servait toutes sortes d'alcools tous plus revigorants les uns que les autres.

Bien des siècles plus tard, les deux compères Perestroïka et Glasnost font un malheur en Union Soviétique. Les pays baltes sont les premiers à faire sécession et deviennent pour le monde dit libre les exemples à soutenir. Le rempart de l'Europe occidentale. L'argent afflue. L'Unesco se jette dans la bataille, évidemment, il faut restaurer et préserver le patrimoine. La chapelle Saint Josef a miraculeusement échappé aux destructions successives, y compris au passage des troupes napoléoniennes. Mais elle est bien atteinte, et sa peinture intérieure bien défraîchie.

Marie s'attaque aujourd'hui au mur sud de la chapelle. Son métier, c'est de restaurer tous ces chefs d'œuvre qui disparaissent. Un métier physique, financièrement difficile avec tous ces appels d'offres où la concurrence sévit à outrance, mais elle est connue pour son art sans pareil de redonner aux couleurs leur éclat d'origine. Et combien de fois le résultat de ses travaux a surpris les historiens de l'art qui pouvaient, enfin, approcher de visu, et pour ainsi dire de manière tactile, la réalité d'une époque vieille de plusieurs siècles ! Le seul vrai moyen de voyager dans le temps, somme toute.

Marie aimait bien son travail de restauration. Et puis ça la faisait voyager, parfois bien loin de sa Charente qu'elle rejoignait aussi souvent qu'elle le pouvait pour y retrouver son amoureux et son moulin. Marie habitait à Paris, centre de ses affaires, et elle ne ratait jamais une occasion de sauter dans un TGV à Montparnasse qui l'emmenait jusqu'à Angoulême.

Difficile, le travail de restauration. Difficile surtout d'atteindre l'ultime couche de peinture, celle que l'artiste originel a travaillée pour y laisser son message. Et dans le cas de la chapelle Saint Josef, il s'agissait, d'après les historiens, de deux artistes, probablement Lituaniens ou Polonais, qui se prénommaient Tomasz et Janusz. On n'en savait pas grand-chose, si ce n'est qu'ils étaient réputés pour l'éclat des couleurs qu'ils utilisaient dans la préparation de leurs peintures, et que c'était notamment pour cela que tout le monde se les arrachait à la fin de leur vie. De vraies stars de la décoration intérieure comme on dirait de nos jours, dont on avait perdu complètement la trace dans l'histoire mais qui étaient considérés comme des héros nationaux.

Il fallait donc faire très attention à la restauration de la chapelle Saint Josef, dernier monument dont on se doutait, sans en être sûr, qu'il avait été l'un des premiers peints par le couple Tomasz/Janusz. Certains experts avaient même formulé l'hypothèse qu'ils s'étaient fait la main sur cet édifice avant de développer leur art dans toutes les églises du Grand-Duché.

Marie avançait donc prudemment depuis quelques semaines. Elle avait découvert des traces confirmant la présence de Tomasz et Janusz. Les pigments utilisés, le style des personnages, les scènes retrouvées sous des couches et des couches successives de peinture qui avaient recouvert les décorations originelles, tout concourrait à affirmer qu'il s'agissait bien des deux artistes.

Marie avait gardé pour la fin le mur sud, comme pour finir en beauté avec la partie la plus chaude de l'édifice. Hier soir, elle n'avait pas pu se résoudre à quitter son chantier. Elle sentait qu'elle arrivait au niveau de la couche ultime, et comme toujours dans ces cas-là, rien ne pouvait l'empêcher d'aller jusqu'au bout. Elle avait donc passé toute la nuit à gratter doucement le mur pour arriver au petit matin sur une couche ocre unie, très épaisse, incompréhensible. L'analyse chimique de la peinture lui confirmait pourtant la date qu'elle attendait. Mais elle n'était pas satisfaite. Pourquoi une couche apparemment si épaisse alors que ce n'était pas l'usage à l'époque ? Pourquoi gâcher des pigments ocre alors qu'un simple blanc aurait pu servir de support aux peintures définitives ?

Et si ce n'était pas la dernière couche ?

Marie reprend ses outils et gratte encore. Un dessin en forme de disque apparaît, jaune, bordé d'un trait noir. Marie gratte de plus belle.

Le soleil apparaît à travers les fenêtres. Ce sont maintenant des bouquets et des bouquets de marguerites qui recouvrent le mur sud de la chapelle. Jaunes, blanches, vertes et même rouges. Et sur chacun des pétales, écrit en français dans une écriture élégante, quelques mots remplis d'espoir et de mélancolie :

"Marie, je t'aime".

Le bûcheron de Morin Heights

Ça lui tombait dessus d'un coup, comme çà, sans prévenir.

Pourtant c'était un dur à la tâche et qui en avait supporté des choses dans sa vie. À commencer par le prénom que ses parents lui avaient donné : Jean-de-Dieu. Il fallait le faire, porter un tel prénom pour un anarchiste de gauche que l'amour de la nature et la haine du capitalisme avaient poussé à opter pour le métier de bûcheron dans une coopérative sylvicole des Laurentides, au Canada. Un métier rude, pas bien payé, saisonnier, qu'il complétait l'hiver par la conduite des chasse-neiges pour désenclaver les villages les plus reculés après les tempêtes. Mais Jean-de-Dieu aimait bien cette vie. Ça lui donnait du temps, notamment l'hiver, pour partir avec son chien et son bâton, ses deux compagnons fidèles comme disait cette vieille ballade française qu'il aimait fredonner et dans laquelle il était question d'une aveugle qui va de village en village, mendiant de-ci de-là, n'ayant cure de son apparence ni du regard des autres, et préférant au bout du compte sa vie de luneuse.

Jean-de-Dieu n'était pour autant pas aussi misanthrope qu'il le donnait volontiers à croire. Il aimait quitter de temps en temps sa cabane à sucre de Morin Heights héritée de ses parents et qui lui procurait quelques revenus supplémentaires, pour aller faire ses courses à Saint-Sauveur-des-Monts et y boire quelques bières avec des amis qu'il voyait peu mais retrouvait toujours avec autant de plaisir.

Il y avait John, le plus vieux de la bande, que Jean-de-Dieu avait dépanné un jour avec son chasse-neige alors que les quatre roues motrices de son vieux pick-up avaient décidé de ne jouer la partie qu'à deux, et qui s'était installé à Saint-Sauveur après une vie passée à acheter des avions en bout de potentiel pour les démanteler et en revendre les équipements et pièces détachées au prix fort. Un ferrailleur de haut vol en quelque sorte, qui avait parcouru le monde de fond en comble et qui désormais conduisait les taxis d'Alan quand la saison touristique l'exigeait, juste pour se désennuyer un peu.

Il y avait Savinien, moniteur de ski l'hiver sur les pistes illuminées de Saint-Sauveur, accompagnateur de randonnées à pied ou en VTT en dehors de la saison des chaises pour qualifier ce moment de l'année où les remonte-pentes emmènent les skieurs par brassées entières, et ramasseur de bois pour aider Jean-de-Dieu sur certains chantiers d'élagage que ce dernier faisait de temps en temps en dehors de son travail régulier à la coopérative.

Et puis il y avait Joliette, qui tenait une boutique de souvenirs, de tout et de rien, dans la rue principale de Saint-Sauveur, et qui vendait les produits d'érable de la cabane à sucre de Jean-de-Dieu. Elle était belle et les trois amis étaient évidemment amoureux d'elle, mais ils avaient tous les quatre choisis de rester de vrais amis sans avoir besoin de se le dire. N'empêche, elle était rudement belle la Joliette, et les trois compères étaient rudement amoureux d'elle.

L'amour de la nature des Laurentides était leur point commun. Ils avaient certes tous vécus la transformation de la vallée avec le développement touristique. Saint-Sauveur notamment était devenu un lieu de villégiature pour les Montréalais, surtout les plus fortunés d'entre eux. Le village n'était qu'à une bonne heure de route de Montréal, même en hiver. Alors la municipalité avait décidé d'aménager la grosse colline au sud pour y installer des pistes de skis, éclairées même tard la nuit pour permettre aux citadins de libérer leur stress et leurs piastres en un minimum de temps le week-end. Et puis les autres villages plus à l'ouest dans la vallée s'y étaient mis aussi. Une voie routière rapide fut alors construite, qui permit de contourner le centre de Saint-Sauveur et d'en faire un beau village touristique avec sa place de l'église surmontée d'un clocher visible de loin et des maisons plus ou moins authentiques le long de la rue principale abritant restaurants et boutiques adaptées aux besoins des visiteurs de passage. « Si tu veux de l'action, c'est là qu'il faut aller », se plaisait à dire John aux clients d'Alan à qui il livrait à leur hôtel les voitures qu'ils prenaient en location.

Les quatre amis se retrouvaient au pub qui fait l'angle de la rue principale et de l'avenue de la gare, surtout quand le patron programmait des soirées musicales avec des chanteurs locaux. Il avait même une fois organisé une soirée littéraire, avec des poètes déclamant des textes de fous sur de la musique inqualifiable dans le style, mais électrique en tout cas. Un four commercial, mais un grand moment de bonheur pour Jean-de-Dieu, John, Savinien et Joliette qu'ils aimaient à se remémorer.

C'est Jean-de-Dieu qui avait attiré les autres vers la poésie. Pas la classique qu'on apprend à l'école, trop jeune, et dont on garde un souvenir de profond ennui. Mais celle qu'il découvrait sur le Net, notamment sur les sites des éditeurs français auprès desquels il commandait ensuite les livres, livrables dans les trois jours en express.

Jean-de-Dieu emmenait toujours dans la poche de sa vareuse un petit bouquin rempli de poésie dans ses balades solitaires hivernales dans la forêt, comme un troisième compagnon fidèle. Il avait aussi essayé d'emmener ses amis dans ses balades, mais il n'y était que rarement parvenu. Il y avait toujours un empêchement : une voiture à livrer pour John, une belle skieuse française à accompagner sur les pistes pour Savinien, la boutique à tenir pour Joliette. Jean-de-Dieu ne leur en voulait pas. Il les aimait trop pour cela, et puis la solitude était belle aussi.

Ce matin-là pourtant, Jean-de-Dieu se sentait fatigué, comme impuissant face à son propre corps. La veille au soir, ils s'étaient retrouvés tous les quatre au pub et la musique était bonne. Un guitariste façon Félix Leclerc chantait son blues de l'été au milieu de cet hiver qui n'en finissait pas cette année, mais sortait également quelques chansons humoristiques à l'égard des Montréalais de passage déguisés en bûcherons, qui appréciaient néanmoins cette moquerie gentille faisant partie de leur déstressement. Une bonne soirée ponctuée de quelques bières mais pas trop pour Jean-de-Dieu qui se sentait un peu lourd depuis quelques temps et qui supportait plus difficilement les remarques malignes, mais justes, de Joliette sur son physique.

La nuit avait été un peu courte, mais Jean-de-Dieu avait décidé d'explorer un petit chemin au-delà de la piste à raquettes de Chikadee. Il avait l'intuition que de belles photos pourraient y être faites pour compléter son blog de poésie. Il emmenait avec lui dans sa poche le recueil de poésies que lui avait dédicacé Rita Mestokosho, cette poétesse Innu qu'il avait rencontrée par hasard lors d'une de ses rares sorties à Montréal où se tenait un festival de poésie juste à côté du magasin de tronçonneuses où il venait chercher un peu de matériel.

Après une bonne heure de marche, le panneau « fin » signifiant qu'il était arrivé au bout de la piste de Chikadee était planté là. Jean-de-Dieu lui sourit et continua en chaussant alors les raquettes dont il n'avait pas eu besoin jusque-là. La neige était toute fraîche après la tempête de la nuit passée qui avait d'ailleurs bien ralenti son retour à Morin Heights après la soirée au pub. Les sous-bois étincelaient sous l'effet des rayons du soleil sur les cristaux de neige qui recouvraient les branches des arbres. C'était beau et tranquille. Le lac était là, que Jean-de-Dieu décidait de traverser pour couper au plus court. Il se sentait bien mais fatigué, sans savoir pourquoi, comme si le poids du temps qu'il avait supporté jusqu'à présent et qui restait devant lui venait tout d'un coup se poser sur ses épaules.

On entendit alors dans la forêt un « crac » sinistre et bref. La glace recouvrant le lac n'était pas si épaisse.

Et on a beau s'appeler Jean-de-Dieu, ce n'est pas donné à tout le monde d'être Saint Christophe.

La Francine

Jean-Hyppolite ne s'en était pas rendu compte tout de suite tellement il était préoccupé par ses affaires ces derniers temps.

Il faut dire que sa dépression qui durait depuis tant d'années reprenait également de la vigueur ces derniers temps. Il essayait bien d'en sortir de cette dépression, mais peut-on vraiment en sortir ? Et puis ces acouphènes qui s'étaient réveillés, juste au moment où il s'apprêtait à partir en vacances, comme par hasard. Ces bourdonnements incessants dans sa tête qui devenaient par moment si insupportables que même la pratique du Tambour Céleste ne parvenait plus à l'apaiser.

Pourtant il faisait beau ce jour-là sur Paris, et Jean-Hyppolite s'était réveillé de bonne humeur, comme jamais depuis longtemps. Il était allé à ses rendez-vous en ville de bon matin, avait agréablement déjeuné dans un jardin avec quelques hommes politiques de sa connaissance, puis avait traversé le jardin des Tuileries où il s'était accordé un moment de méditation, en jetant un œil distrait aux promeneurs : des écoliers en goguette, des jeunes mariés japonais photographiés sur fond de Carrousel, des parisiennes peaufinant leur bronzage de l'été qui s'en allait, une belle brune déjantée portant des cache-oreilles en peluche. Puis il avait repris le métro jusqu'à son bureau, passé quelques coups de téléphone et enfin regagné son domicile en soirée après avoir fait le plein de croquettes pour son chat et de bières pour lui au supermarché du coin qui ferme si tard en échange de prix éhontés.

Jean-Hyppolite était un homme d'affaires. Il voyageait beaucoup, rencontrait beaucoup de gens, avait beaucoup d'idées, gagnait beaucoup d'argent. Mais sa vie s'était progressivement vidée de toutes relations sociales qui ne touchaient pas à son travail. Non pas qu'il ne fut pas un bon convive, cultivé et affable, mais la compagnie des autres lui était devenue à la fois ennuyeuse et oppressante. Célibataire, il ne lui restait guère que quelques amis qu'il pouvait compter sur les doigts d'une seule main et qu'il voyait peu sans que ces derniers en prennent ombrage, et son chat. Il l'avait appelé Sango, sans savoir à l'époque qu'il s'agissait de la langue véhiculaire de la république de Centrafrique, mais juste parce que ça sonnait bien. Un Maine Coon plutôt costaud, comme tous les Maine Coon.

C'est en jetant la boîte de croquettes vide du chat dans la poubelle de la cuisine de son deux-pièces bien suffisant pour loger sa solitude, qu'il s'en aperçut. Heurtant par inadvertance l'une des bouteilles de bière alignées sur ce qui sert habituellement de plan de travail dans une cuisine digne de ce nom, celle-ci se brisa sur le sol sans émettre aucun bruit. Pour le moins intrigué, Jean-Hyppolite recommença l'expérience avec le même résultat. S'emparant alors de ce vase hideux que des dignitaires chinois lui avaient offert récemment, et qu'il n'avait jamais supporté sans toutefois osé s'en débarrasser, il le fracassa par terre sans qu'aucun son n'en vienne trahir l'agonie subite. Un effet pervers des acouphènes, s'interrogea-t-il ? Mais non : Sango dans la pièce d'à-côté n'avait pas bougé d'un cil. Mais peut-être était-il lui aussi atteint de surdité.

Il fallait en avoir le cœur net. Jean-Hyppolite farfouilla dans le tiroir de son bureau et y dénicha un gros pétard de couleur rouge qu'il avait ramené de la célébration du dernier Nouvel An chinois avec ses relations d'affaires du 13ème arrondissement. Il ouvrit la porte de son appartement, alluma la mèche et jeta le tout dans la cage d'escalier. Une myriade de papiers multicolores envahit l'espace accompagnée d'une odeur de poudre prononcée, mais pas un bruit. Et aucun voisin n'accourait, attiré par le bruit d'une quelconque détonation.

La preuve était donc faite : Jean-Hyppolite ne faisait plus de bruit.

Seule sa voix était audible. Encore heureux, dit-il à l'adresse de Sango, même si ce dernier n'avait cure de la voix de celui qui se croyait son maître. Puis il se déboucha une bouteille de Château Margaux qu'il accompagna de quelques mezzés achetés au supermarché dans le rayon qui jouxte celui des croquettes pour chat. Et il s'effondra dans son lit, Songa finissant pour sa part le fond des barquettes de mezzés avec délectation.

Le réveil fut tout aussi glauque que les réveils précédents. Cette impression d'inutilité face au cosmos dont les sous-systèmes planétaires tournent en rond autour d'eux-mêmes et cette journée qu'il faut bien encore affronter, mais pourquoi après tout ? Ça va

Songa, les voilà tes croquettes ! Douche. Expresso, Georges ! Et sortir d'ici vite. Désolé Songa, je te laisse tout ce foutoir.

En parlant de foutoir, Jean-Hippolyte n'en revenait pas du spectacle qui s'offrait à lui en refermant la porte de son appartement. Toute la cage d'escalier était jonchée de petits morceaux de papier multicolores et essentiellement rouges, et l'odeur de poudre était forte. Madame Jimenez était en rogne.

- Caramba, si je tenais ce jean-foutre qui m'a fait ça, je le jetterais illico par-dessus la rambarde du cinquième, le découperais en morceaux arrivé en bas, aspirerais les résidus dans mon vacuum cleaner, et jetterais le sac dans la poubelle à déchets communs.

Madame Jimenez adorait les séries télé d'horreur qui passait sur le câble, mais également les émissions littéraires, et son appartenance politique aux mouvements écologiques était de notoriété dans tout l'immeuble, surtout depuis la venue de sa cousine qui résidait à Londres ce qui lui avait permis d'enrichir son vocabulaire technique de termes anglais qu'elle utilisait à tout-va on ne savait pourquoi.

Tout en descendant l'escalier, la mémoire revenait à Jean-Hyppolite. Il ne faisait plus de bruit. C'était incroyable, mais bien réel. Mais plutôt que de l'affoler, lui l'hypocondriaque, cette faculté inattendue de passer partiellement inaperçu lui faisait esquisser un sourire en passant devant madame Jimenez et son balai brosse. Et si son nouveau pouvoir lui ouvrait de nouveaux horizons ? Et si dorénavant il pouvait s'introduire furtivement dans les bureaux de ses clients et de ses concurrents, et s'y emparer de tous les secrets commerciaux nécessaires à la réalisation de ses affaires ? Certes, il lui manquerait encore une bonne cape d'invisibilité, mais n'est pas Harry Potter qui veut, et pouvoir ouvrir des portes et des fenêtres sans faire de bruit était assurément un avantage, surtout de nuit avec un peu de pratique.

Jean-Hyppolite devenait de plus en plus euphorique à mesure qu'il songeait à l'étendue de ce qu'allait désormais lui offrir son nouveau pouvoir. Même des choses peu avouables lui trottaient dans la tête. Il n'avait pas vécu une pareille sensation de plénitude depuis longtemps.

C'est alors qu'une chose singulière lui arriva, juste au

moment où il passait les grilles du jardin des Tuileries du côté de Rivoli pour se rendre à son premier rendez-vous matinal, tout proche de celui qu'il avait eu la veille près du musée d'Orsay. Alors qu'il poussait la petite porte donnant sur les escaliers menant aux jardins, un grand fracas de porcelaine se fit entendre, comme le cri qu'émettent les vases chinois hideux que l'on vous offre et qui par bonheur vous échappe un jour des mains. Pauvres vases chinois, et surtout pauvres potiers chinois, coincés entre deux visions si opposées l'une de l'autre de l'esthétique des présents officiels, celle de celui qui donne et celle de celui qui reçoit, à moins qu'ils ne soient en fait que les complices d'une bonne blague chinoise que seuls les hommes d'affaires occidentaux rompus à l'humour de l'Empire du Milieu savent apprécier au point de toujours placer le pauvre vase en bordure de l'étagère qui encadre la porte d'entrée de leur bureau.

Le fracas émis par le vase fut tel que tous les passants se retournèrent vers Jean-Hyppolite. Il les regarda tous, implorant leur compassion parce que le vase était vraiment hideux et qu'à sa place ils ne l'auraient pas gardé aussi longtemps chez eux, même si Songa faisait mine de l'aimer ce vase, mais peut-on vraiment se fier aux goûts artistiques d'un être qui dort plus de dix-huit heures par jour et qui dispose de fait d'une vie intérieure autrement plus riche que celles des humains qui compensent leur vide intérieur par l'accumulation de biens, fussent-ils des vases chinois hideux. Devant leur incrédulité, Jean-Hyppolite leva les mains au ciel en signe d'excuse et continua son chemin.

Il y avait encore peu de monde à cette heure-ci dans le jardin des Tuileries. En tout cas, beaucoup moins que la veille. Jean-Hyppolite essayait de se concentrer sur son rendez-vous. Il s'agissait d'un homme d'affaires australien qui voulait acheter un hôtel à Zanzibar après avoir fait fortune dans l'extraction de minerais dans son pays. Jean-Hyppolite connaissait bien le monde du tourisme en France et il avait été recommandé à cet homme d'affaires pour mener une première étude exploratoire sur le marché potentiel de touristes français prêts à aller découvrir cette destination. Les premiers résultats de l'étude étaient prometteurs et Jean-Hyppolite comptait bien conforter son interlocuteur dans son idée d'investir à Zanzibar, et le convaincre de passer à la mise en œuvre d'un projet plus vaste de création en Europe d'une agence de voyage spécialisée sur Zanzibar qui se doterait de moyens aériens pour assurer le développement économique de l'île. Du rêve pour investisseur, certes, mais du rêve qui lui assurerait une rente non négligeable pendant quelques années si ça marchait.

Tout en réfléchissant, Jean-Hyppolite laissait traîner son regard sur les promeneurs du jardin.

Des touristes japonais, mais pas seulement, évidemment. Des promeneurs de chiens, pas facile à Paris. Des écoles primaires, en route avec un peu de chance vers un choc culturel dans le musée du Louvre. Des fonctionnaires du ministère de l'Agriculture, abandonnant la ligne de métro Une pour rejoindre à pied par ce beau matin leur bureau de la rue de Varennes. Des photographes amateurs ou non, en quête du cliché du siècle dans un endroit trop photographié depuis l'invention de Nicéphore Niepce, mais tellement beau. Une preneuse de sons, les écouteurs à peluche sur les oreilles et la perche à micro rasant le sol comme pour écouter le vacarme d'une colonne de fourmis partant au boulot de bon matin. Et les inévitables marchands de Tour Eiffel dorées ou argentées, enfin comme on voudra mais surtout pas cher.

Arrivé de l'autre côté du jardin, Jean-Hyppolite traversa les quais pour emprunter la passerelle Léopold-Sédar-Senghor en direction du musée d'Orsay. La Seine coulait tranquillement vers le Pont Mirabeau, transportant sur son dos quelques péniches bien chargées à la remonte et toutes joyeuses à la descente. Jean-Hyppolite était de bonne humeur.

Quand tout à coup, au beau milieu de la passerelle, le bruit d'une explosion énorme retentit. On aurait dit celui d'un gros pétard utilisé dans le 13ème arrondissement pour fêter le Nouvel An chinois, mais qu'on aurait confiné dans une cage d'escalier pour le rendre encore plus fort, sauf que là en la matière, la cage d'escalier c'était Paris intra-muros. Curieusement pourtant, aucun souffle n'accompagnait le bruit si bien que les gens étaient ébahis, mais pas choqués. Et tout le monde de se retourner vers Jean-Hyppolite, qui une fois encore ne savait faire autre chose que de retourner la paume de ses mains vers l'avant en signe d'impuissance face à un phénomène qu'il ne comprenait pas, mais que personne fort heureusement pour lui n'arrivait à clairement identifier comme venant de lui. Car Jean-Hyppolite en était maintenant convaincu : ces bruits inopinés étaient la reproduction des bruits dont il avait été à l'origine la veille au soir et qui ne sortaient que maintenant.

Que se passait-il ? Il lui fallait au plus tôt trouver l'origine de ce phénomène. Reprenant ses esprits, Jean-Hyppolite entreprit de remonter le temps de sa mémoire pour découvrir l'instant précis où quelque chose d'inhabituel s'était produit qui lui avait volé depuis les sons qu'il produisait. Ça ne pouvait être que la veille en rentrant chez lui, car il se souvenait très bien que le bruit de la chaise longue sur laquelle il avait médité la veille dans le jardin des Tuileries et qu'il avait renversée en se relevant avait fait se retourner vers lui la charmante lectrice assise sur le banc d'à-côté. Il fallait donc repartir de cet endroit, dans le jardin des Tuileries, ce qu'il fit immédiatement en rebroussant chemin sur la passerelle.

La chaise longue était à la même place, la charmante lectrice avait disparu. Laisser le vieil arbre mort peint en noir, prendre à droite dans la contre-allée, rejoindre l'allée principale. La traverser en jetant un œil à droite sur le Carrousel, à gauche sur l'Obélisque. Se diriger résolument vers la Rue de Rivoli. Pousser la petite grille sans casser un nouveau vase chinois. Descendre les marches et tourner à droite vers la station de métro. Rien d'étrange, si ce n'est le sentiment confus d'avoir été observé, ou plutôt écouté. Revenir alors sur ses pas pour en avoir le cœur net. Les marches, la petite grille, l'allée transversale jusqu'à l'allée centrale. Les touristes, les écoliers, les fonctionnaires du Ministère de l'Agriculture, et ... la preneuse de sons !

- Crénom de nom, pestait-elle dans un fort accent qui respirait les forêts vosgiennes et que Jean-Hyppolite connaissait bien pour y avoir séjourné avec ses parents quand il avait entre dix et quinze ans. C'est-y quoi, c'nagra d'merde !
- Un problème ? lui demande Jean-Hyppolite amusé par cet accent qui lui rappelle bien des choses.
- C'est mes potes de Radio Gérardmer qui m'ont parié que j'pourrais point le r'faire marcher. Et moi j'ai dit qu'si, parce que les nagra j'connais depuis pas mal d'années. Et qu'même j'pouvais leur rapporter des sons d'Paris. Chiche qui m'ont dit et ils m'ont payé l'train jusqu'ici. Hier j'ai enregistré des trucs dans c'jardin qu'j'ai pas pu écouter parce que c'nagra s'est bloqué. Et puis c'te nuit, il s'est mis à r'fonctionner, comme çà, sans raison. Faut dire qu'il est pas tout jeune c'machin. Il marche avec des bandes.
- Ça doit être la bande, interrompit Jean-Hyppolite. Prenez-en une neuve, celle-ci semble toute fripée.
- C'est pas elle qu'est toute fripée, répond la preneuse de sons, furieuse.
- Tu n'as pas changé la Francine, dit alors Jean-Hyppolite. Tu es toujours aussi belle et impétueuse.

Car Jean-Hyppolite les a reconnues toutes les deux, la bobine tout d'abord, et la preneuse de sons ensuite.

Ils avaient été au collège ensemble de la sixième à la troisième, là-bas au fin fond des Vosges. Elle s'appelait Francine. Ils s'aimaient bien et ça faisait rire tout le monde, mais ils s'en moquaient. Ils étaient tous les deux passionnés de musique et de sons, et avaient découverts ensemble, en mettant en commun leur argent de poche, les joies des montages audio sur des magnétophones à bandes, que les professionnels de la radio appelaient entre eux des nagra, par extension du premier fabricant de magnétophones transportables, plutôt que portables. Ils passaient des heures ensemble après l'école à enregistrer tout ce qui était enregistrable. Et puis à découper les bandes avec une lame à rasoir et à les coller les unes aux autres pour en faire des montages à mourir de rire. Et puis un jour, il fallut pour Jean-Hyppolite déménager, suivre ses parents à l'autre bout de la France. Alors ce jour-là, il lui donna une bande enroulée dans sa bobine verte sur laquelle il avait dessiné un cœur avec d'un côté les initiales JH et de l'autre l'initiale F, la même bobine verte qu'il avait aujourd'hui entre les mains. Et la vie les sépara.

- Crénom de nom, reprit la Francine. Le Jean-Hyppolite ! Ça c't'une surprise ! qu'est-ce que tu fais donc ici ?
- Viens, installons-nous dans ce petit bar dans le jardin, là. Et puis causons.

Les mots, les expressions d'antan lui reviennent en tête. L'accent aussi. Et le sourire de Francine le submerge. Il a treize ans.

La matinée passe à se raconter leurs vies depuis qu'ils se sont quittés. Les déménagements successifs pour l'un, au gré des affectations de son père. Puis les grandes études, les premiers emplois dans les banques avant de se lancer lui-même dans le grand bain des affaires. Pour l'autre, les études à Nancy, la reprise non prévue pour cause de décès de la quincaillerie de son père dans le petit bourg des Vosges où ils s'étaient connus, puis la vente de son fonds de commerce pour acquérir cette scierie dont ils avaient si souvent parlé ensemble comme d'un jeu après une séance au cinéma où on passait Les Grandes Gueules, et qui avait fini par devenir une réalité pour elle. Et puis sa passion continue pour enregistrer des sons et les monter, passion qu'elle poursuivait à tout instant de sa vie, même professionnelle, portant sur elle en permanence un voleur de sons, comme elle disait pour qualifier le matériel d'enregistrement qui ne la quittait jamais.

Leurs vies amoureuses respectives étaient quant à elles un désert absolu, faites de passions inassouvies et de déceptions continues en la nature humaine.

- Il faut que je te parle d'un truc bizarre, ma Francine, se prit alors à dire Jean-Hyppolite qui retrouvait soudainement le chemin tortueux de son amour inavoué de jeunesse.

Et de lui raconter ce qui lui arrivait : les bruits, sauf sa voix, qu'il n'émettait plus depuis son passage ici hier après-midi ; et ces mêmes bruits qui réapparaissaient ce matin toujours en passant par ici.

Et son hypothèse pour expliquer tout ça.

- Ton nagra n'aurait-il pas volé mes sons ? Notre bande verte ne m'aurait-elle pas reconnue au passage ? Tu sais, cette bande verte que je t'avais donné la dernière fois que nous nous sommes vus. Et que tu as, là, avec toi.
- Et sur laquelle t'as dessiné un cœur, mon Jean-Hyppolite, et qui n'me quitte jamais, reprit la

Francine, qui, n'y tenant plus, se jette sur lui et se met à l'embrasser tendrement.

La table à laquelle ils sont assis se renverse, laissant s'échapper verres et bouteilles de bière qu'ils avaient commandés et qui se fracassent sur le sol sans faire un bruit. Leur étreinte est forte, comme s'il fallait gommer tout ce temps perdu entre eux. Ils se lèvent de leurs chaises et tourbillonnent, faisant virevolter toutes les autres tables et chaises autour d'eux, encore inoccupées à cette heure matinale, et toujours sans émettre le moindre bruit. Et leur valse destructrice et silencieuse emporte le reste du kiosque qui abrite le bar et les cuisines, puis l'onde de choc se propage aux statues avoisinantes, rebondit sur les contreforts du quai des Tuileries, fait se retourner de 180 degrés le quadrige de l'Arc de Triomphe du Carrousel, retourne à l'envers le labyrinthe de buis, évite de justesse le Jeu de Paume, et finit dans les pales de la Grande Roue qu'elle fait tourner comme un ventilateur qui sert enfin à quelque chose.

Et tout cela, dans le plus parfait silence... sauf celui du vieux nagra que la Francine avait, sans le vouloir, mis en route avec la bande verte chargée dessus lorsqu'elle se jetait dans les bras de son amour inavoué et tant désiré.

- Fichtre, dit la Francine que le vent du grand ventilateur de la place de la Concorde ramenait un temps soit peu les pieds sur terre. C'est-y quoi qui s'passe ?
- Je pense que c'est ton nagra qui a encore fait des siennes, lui répond Jean-Hypollite émerveillé par son amour retrouvé et arrêtant l'enregistrement en cours sur la bobine verte.

C'est alors que la Francine eût une idée folle.

- J'rembobine, mon amour ?

La Rayre

- Hé ... Ho ! Tu vois quelque chose ? Je te dis que j'ai vu quelque chose, là-bas, sur le chemin. Si, si, je t'assure, quelque chose, là-bas, sur le chemin.
- Non, il n'y a rien. Et en plus on ne peut rien voir, il y a de la brume. Et puis je suis mal placé tu sais bien pour y voir quelque chose sur le chemin.
- Mais je te dis que si. J'ai vu quelque chose, là-bas, sur le chemin.
- Quelque chose ou quelqu'un ?
- Ça je ne sais pas dire, mais ça bougeait.
- Alors c'est quelqu'un.
- Pas forcément. La seule chose que je sais c'est que ça bougeait.
- Mais si ça bouge, c'est que c'est quelqu'un. Parce que comme il n'y a pas de vent ça ne peut pas être quelque chose qui soit mû par le vent et qui alors bougerait. Donc c'est quelqu'un.

- Je ne peux pas l'affirmer. C'est peut-être un animal.
- Si c'est un animal, ça change tout ! Un gros, un petit, un qui vol, qui rampe, qui marche ?
- Je ne sais pas, on n'y voit pas bien avec toute cette brume.
- C'est bien ce que je te disais. Tu n'as rien vu parce qu'il n'y a rien à voir. Alors laisse-moi en paix. Et puis s'il est sur le chemin, il est trop loin pour nous.

- ...

- C'est toujours pareil. Dès que je fais mon travail, tu critiques, tu critiques. On dirait que tu n'aimes pas ce que nous faisons. Pourtant c'est utile, et on est en plein air. Tout ce que tu aimes, non ?
- Oui, mais j'aime le faire seul ce travail. C'est pas pour toi que je dis ça. Ne le prends pas mal. Mais moi, je suis un solitaire, quasi misanthrope si tu vois ce que je veux dire. Je ne sais pas ce qui lui a pris à Jean-Patrick, le patron, de vouloir renforcer sa force de dissuasion comme il dit, en me donnant quelqu'un pour m'assister dans ma mission. Il me trouve trop vieux peut-être, que j'ai fait mon temps ?
- Mais non voyons, c'est juste parce qu'il a davantage à faire avec toutes ces nouvelles Mesures Agro

Environnementales et Climatiques du Ministère de l'Agriculture.

- ...

- C'est vrai que c'était bien plus facile avant. Un bon coup de phytos, et hop, le tour était joué, et on était tranquille pendant un bout de temps. Maintenant, ils n'ont que le mot de « bio-div » à la bouche à Paris. Alors forcément, des bestioles il y en a d'avantage, et donc des bestioles qui mangent des bestioles encore plus. D'un côté, c'est bon pour vous les jeunes, ça crée de l'emploi. Mais du coup, question misanthropie, j'en ai pris un coup.

- ...

- Moi je ne pourrais pas rester tout seul comme tu l'as fait pendant des années. Même si le job est bien. Il me faut du monde à qui parler. L'autre jour, j'ai entendu dire le patron que Thomas, le propriétaire d'à côté, s'était lui aussi mis au bio, question marché plus porteur dans l'avenir avec tous les écolos et bobos des villes qu'il disait. Tu crois qu'il va avoir aussi besoin des gens comme nous ?

- Pour sûr que s'il s'y met aussi, au bio, il va en avoir besoin.
- Et tu crois que ça pourrait être … des femmes ?
- Quoi ? des femmes ? dans notre métier ?
- Ben oui, pourquoi pas ?
- Mais on n'en a jamais vu ! Comment qu'elles feraient pour rester des heures à attendre, et sans jacasser en plus ?
- Ben au contraire, ce serait un avantage, tu ne crois pas, dans notre métier ? C'est bien ce que nous faisons en ce moment, non ?
- C'est bien pour çà aussi que je regrette le bon vieux temps.

- …

- Moi j'aimerais bien qu'il y en ait, des femmes dans notre métier. Imagine si Thomas en postait une ou deux un plus bas vers le ruisseau, au milieu des fruitiers et à côté des vignes, là où viennent si souvent les oiseaux.
- Des femmes ici ? Alors là, ce serait la fin de tout ! Et quelle tenue elles auraient alors ? Vintage des années 50, comme nous parce que c'est tout ce qu'ils ont trouvé à nous donner en cherchant dans leurs

greniers ? Tu imagines ? Des robes à fleurs et des fichus sur la tête.

- Vu comme ça, non ça n'irait pas. Je pensais plus sexy. Mais c'est sûr que je ne vois pas nos patrons aller faire les boutiques pour leur personnel de dissuasion. Mais quand même, ce serait bien.

- ...

- C'est ça, rêve mon petit, et pour le moment, garde la pose. N'oublie pas que c'est à ça qu'on nous reconnaît : notre capacité à garder la pose par tous les temps.

C'est un métier, épouvantail !

Le train de Krasnoïarsk

Une semaine déjà que la marchandise qu'il devait livrer à son client était bloquée par la douane sur l'aéroport de Krasnoïarsk. Et impossible d'avoir des informations précises sur ce qui coinçait réellement. Jean-Raphaël avait alors décidé d'y aller voir par lui-même, au grand dam de ses directeurs qui ne comprenaient pas ce qui avait piqué le chef pour qu'il veuille aller régler en personne un problème si commun dans leur activités commerciales. C'était ridicule.

Ridicule. C'était le seul qualificatif qu'il avait trouvé à rétorquer à l'amour de sa vie lorsqu'elle avait qualifié sa vie affective, à lui Jean-Raphaël, de vraiment pas hors du commun ; et que de toute façon, il était toujours ailleurs, dans son monde ; et que, elle, elle voulait autre chose. Quelle claque ce jour-là. Elle avait disparu depuis. Et il ne s'en remettait pas.

Krasnoïarsk. Au milieu de la Sibérie, avec son million d'habitants et sa température oscillant entre -20°C et +20°C au cours de l'année. Le voyage depuis Paris s'était bien passé, avec l'attente normale au contrôle de police à l'aéroport de Moscou avant de prendre un vol intérieur pour la destination finale. Arrivé à Krasnoïarsk, Jean-Raphaël y avait retrouvé Oleg son premier client de l'époque où il avait décidé, il y a bien longtemps, de pénétrer le marché russe de la machine-outil. Oleg avait le même âge que Jean-Raphaël et lui aussi avait bien fait fructifier ses affaires. Les deux hommes s'entendaient bien, et ils étaient devenus de vrais amis au fil du temps.

- Bonjour mon ami. Quel plaisir de te recevoir chez moi. Ça fait un bout de temps que tu n'es pas venu.
- Bonjour Oleg. Je suis content de venir voir un ami. J'en avais vraiment besoin.
- Tu vas me raconter.

Les deux amis passèrent une soirée de retrouvailles mémorable à philosopher sur l'âpreté des affaires commerciales, les femmes, le temps qui passe, les amis et les frères qui disparaissent, et la douceur aromatique des vodkas sibériennes.

Le lendemain, ils se retrouvèrent à l'aéroport, où après quelques explications circonstanciées, ils purent dédouaner la marchandise restée en souffrance sans qu'on sache d'ailleurs vraiment pourquoi.

- Tu ne peux pas retourner comme ça à Paris, mon ami, après tout ce que tu m'as raconté hier soir. Tu as besoin d'y voir un peu plus clair en toi.
- Tu le crois vraiment ?
- J'en suis sûr. Alors je te propose quelque chose d'original qui te fera du bien. Ton entreprise tourne toute seule grâce à tes directeurs. Laisse-les gérer les affaires pendant quelques jours, et rentre par le train. Tu pourras y faire le point avec toi-même. Et puis, on fait souvent des rencontres dans les trains.
- D'accord.

Jean-Raphaël avait toujours rêvé de prendre un jour le Transibérien. Alors pourquoi pas aujourd'hui. Un peu plus de deux jours de voyage, et alors ? Plus personne ne l'attendait.

Gare centrale de Krasnoïarsk. Par chance, aujourd'hui est un jour pair et l'après-midi touche à sa fin. Il n'y a donc pas une minute à perdre comme l'indique l'horaire affiché.

Départ de Kranoïarsk un jour sur deux en commençant le 2ème jour de chaque mois	18h35
Arrivée à Moscou	06h25
Durée du trajet	2j-11h-50mn
Distance	4.065 km

18h15. Le train entre en gare. Une foule de passagers en descend, dont Jean-Raphaël ne peut saisir l'origine : chinoise, mongole, ou russe. En queue de train, les deux wagons postaux à bord desquels chemine avec le courrier un employé des postes préposé à la distribution des sacs postaux tout au long de la ligne.

Curieusement, aucun voyageur n'embarque ce jour-là de Krasnoïarsk à destination de Moscou. Les wagons postaux sont eux-mêmes détachés de la rame en un temps record qui permet au train de repartir à l'heure. Jean-Raphaël s'installe dans un wagon de première classe. Son compartiment est vide et il s'endort d'un coup comme si ses nerfs l'abandonnaient sans crier gare après des années de tension professionnelle et personnelle.

Depuis combien de temps dort-il ? A-t-on déjà dépassé Novosibirsk, voire Omsk ? Jean-Raphaël n'en sait rien, et somme toute, peu lui importe. Il fait jour, ce qui veut dire qu'il a vraisemblablement dormi au moins toute une nuit, ce qui est étrange, pour lui qui ne dort plus à satiété depuis plusieurs semaines. La fatigue accumulée sans doute. En tout cas, une faim sévère le tiraille, et Jean-Raphaël entreprend de partir à la recherche du wagon restaurant. Direction l'arrière de la rame, le wagon dans lequel il a pris place étant le premier juste derrière la locomotive.

- Tiens ? constate Georgios en regardant par l'une des fenêtres du couloir, cette locomotive fonctionne à la vapeur.

Il ne l'avait pas remarqué en montant à bord du train à Krasnoïarsk. La fatigue sans doute encore. Le premier wagon est vide de voyageur, si ce n'est un homme installé comme lui dans un compartiment tout seul. La cinquantaine, portant moustache et chapeau sur la tête. Il est plongé dans la lecture d'un rapport sur l'économie agricole du Burkina Faso dont Jean-Raphaël reconnaît l'origine au drapeau rouge et vert frappé d'une étoile jaune en son centre et qui agrémente l'austérité de la page de couverture. Cet homme lui rappelle quelqu'un. Mais Jean-Raphaël a trop faim pour faire un effort de mémoire.

Le deuxième wagon est encore plus vide que le premier. Puis le troisième, le quatrième, le cinquième. Toujours aussi vides. Les wagons se succèdent à n'en plus finir. Jean-Raphaël n'arrive plus à les compter. Et toujours personne. Un coup de sifflet de la locomotive, le train ralentit et finit par s'arrêter en pleine campagne. Jean-Raphaël, étourdi tant par la faim que par sa longue errance dans le train, décide d'aller prendre l'air quelques instants.

Il ouvre une porte donnant sur les voies, s'assure qu'il peut descendre sans risque et se retrouve hors du train. Au loin, le battement de la locomotive lui évoque les vieux westerns dont il raffole toujours autant aujourd'hui.

Il remonte la rame du train à pieds par l'extérieur. L'air est doux mais humide, comme la terre des champs avoisinants. La campagne est triste, sans relief, sans même aucun petit bois laissant l'espoir d'un réconfort. Un paysage idéal pour inspirer Bogatyrev. Jean-Raphaël accélère le pas en marchant sur le ballast. Il sent que le train va partir mais ne peut se résoudre à monter à bord avant d'avoir revu l'homme du premier wagon depuis l'extérieur. Maintenant il court à en perdre haleine. Le sifflet de la locomotive indique un départ tout proche. Jean-Raphaël court de plus belle. Il arrive au niveau du compartiment de l'homme toujours plongé dans la lecture de son rapport. Le train démarre. L'homme se tourne alors vers Jean-Raphaël et lui sourit. Il lui fait signe de la main, comme pour lui dire que tout ira bien désormais. Jean-Raphaël lui sourit aussi. Il l'a reconnu, son cher vieux fantôme.

Jean-Raphaël s'écarte de la voie. Le train continue d'avancer. Les derniers wagons se profilent. A la fenêtre de l'un deux, une chevelure brune que le vent emmêle regarde au loin. Elle se rapproche.

- Fichtre qu'elle est belle, s'exclame Jean-Raphaël pour lui-même.

Les deux pieds dans la boue, il la voit passer devant lui et reconnaît alors ce sourire de gamine retrouvé qui lui jette un clin d'œil.

Alors il laisse ses chaussures s'emprisonner dans la boue sibérienne, et saute sur la plateforme du dernier wagon.

Le Pont au Change

La Seine monte depuis quelques jours. Ça lui arrive parfois. Elle vit sa vie.

Sauf que sa vie ennuie beaucoup de monde. Sauf que quand elle vit trop, on essaie de lui dire qu'elle n'est pas la seule à vivre, qu'il faudrait qu'elle comprenne, qu'il faudrait qu'elle se mette un peu à la place des parisiens. Mais la Seine ne comprend jamais. Elle n'a pas d'état d'âme, la Seine. Son travail, à elle, c'est de couler, c'est tout. Aux autres de flotter sans jamais sombrer.

Jean-Phileas marche depuis bientôt deux heures. Depuis la rue de Berri, ça fait une trotte jusqu'au Pont au Change. Mais il lui faut bien ça pour prendre du recul, pour lâcher prise comme ses amis yogistes n'arrêtent pas de le lui dire, à lui, que le stress des affaires envahit chaque jour davantage. À moins que ce ne soit pas seulement le stress des affaires. Et puis il aime ça, marcher dans Paris. Descendre les Champs jusqu'à Franklin-Roosevelt, obliquer à droite devant le Théâtre des Champs-Élysées, longer le Grand-Palais, reprendre les Champs jusqu'à Concorde, traverser la Place pour lire quelques hiéroglyphes, entrer dans le Jardin des Tuileries, sourire aux jeunes mariés japonais près de la Pyramide du Louvre, passer des coups de fils professionnels dans la Cour Carrée, regarder le temps qu'il fait à Saint Germain l'Auxerrois, reprendre les quais pour profiter des derniers rayons de soleil, descendre sur la Seine pour éviter le tumulte du Châtelet. Et marcher, marcher, marcher le long de la Seine, marcher toujours, marcher pour se retrouver, marcher pour oublier celle qu'il aime et qui ne l'aime décidément plus.

Christian connaît bien la Seine. Depuis tout petit, et même avant. Fils, petit-fils, arrière-petit-fils de marinier. Son prénom, il le doit à L'Homme du Picardie. C'est dire! Alors vivre sur terre, ça, jamais. Même si le métier est dur, même si gagner sa vie dans des conditions pareilles est difficile, car l'argent n'est rien face à la liberté. Au contraire même. C'est tellement beau de savoir composer avec les fleuves quand ils sont retors. Emmener son chargement à destination ou bien aller le chercher où il se trouve, quoi qu'il arrive. Accomplir sa mission de transport, et se préparer à la suivante, juste pour le bonheur attendu de la réussir. Et puis surtout vivre le fleuve, contempler le monde terrestre depuis le fleuve, ce monde nécessaire et terrifiant à la fois. En y accostant le moins possible.

Jean-Phileas aussi porte un prénom qui n'est pas dû au hasard. Ses parents rêvaient d'aventures, à défaut de pouvoir les vivre. Et quoi de plus beau que de faire le Tour du Monde, et de surcroît en quatre-vingt jours parce que le temps est compté ? Même si le temps est relatif quand on franchit d'Est en Ouest la Ligne de changement de date. Que se serait-il passé d'ailleurs si Phileas Fogg était parti dans l'autre sens ? Que se serait-il passé si Jean-Phileas avait tenu bon contre l'avis de tous il y a bien des années, et qu'il avait appris le métier de luthier plutôt que celui d'homme d'affaires ?

La Seine est haute. Les ponts sont bas.

Christian attend le feu vert pour passer sous le Pont au Change. Il remet de temps en temps les gaz pour garder sa péniche dans l'axe. Il est confiant. Il en a vu d'autres. Et puis le spectacle est unique. Coincé en plein cœur de Paris, entre la Conciergerie et les quais de la rive droite. Seul à bord de sa péniche. Après avoir couché sur les plats-bords tout ce qui dépasse. Le courant est énorme, accentué par l'étroitesse du bras du fleuve à cet endroit. Accentué encore par la nécessité de passer entre les piles des ponts en amont. Christian tient la barre. Concentré.

Jean-Phileas regarde depuis la berge cette péniche qui piétine entre deux ponts, tous moteurs en action pour garder la direction. Un homme en jaune s'affaire à la barre. Il a l'air décidé, en tout cas c'est ce qu'imagine Jean-Phileas.

Le niveau du fleuve monte, irrésistiblement.

Le feu passe au vert. Christian fait rugir les moteurs de son bateau. En avant, calme et droit ! Le bateau s'engage sous le pont. Christian caresse l'intérieur du pont. Il est heureux.

Sur la berge, Jean-Phileas s'est assis à même le sol. Il attend que le fleuve monte encore.

L'heure des charitables

- Notre devoir est accompli, monsieur le Prévost.

Il fait beau, et pourtant j'ai froid. Tout le monde est là. Ils sont venus de loin, même de très loin tellement le temps a passé. Comme si le temps avait dilaté l'espace. Il n'y a que les très vieux vivants qui ne sont pas venus. Pour eux, c'est trop loin. Leur temps à eux a tellement dilaté leur espace que ça n'a plus de sens pour eux de se déplacer. Ils ont leurs propres raccourcis.

Nous nous sommes retrouvés devant l'église des Houillères. Elle est toujours là, identique à celle que j'ai toujours connue et revue de temps en temps ensuite. Il manque quelques carreaux. Pourtant, c'est du verre cathédrale ! Du vrai verre cathédrale, offert par les Houillères. Du verre tellement cathédrale qu'on pourrait croire que c'est du vitrail. Du vitrail de pauvres, sans dessin à l'intérieur, sans histoire de saints à raconter. Mais du verre cathédrale. En deux couleurs. Du blanc, et du jaune. Découpé de telle sorte à représenter une croix, avec les bords arrondis pour s'adapter à l'ouverture dans le mur. Sobre. Comme ça, la lumière passe bien à l'intérieur. C'est pour ça qu'on remplace désormais les carreaux cassés par du verre transparent. C'est mieux que ces vieilles églises où on n'y voit rien. Et puis ça change du fond de la mine. Ici on est à l'air, on respire, on voit. Un temps pour tout, n'est-ce pas. Quelle comédie absurde.

Les charitables aussi sont là. C'est leur heure. Ils sont toujours à l'heure. J'ai froid. Nous nous mettons en route. Comme à chaque fois.

1964

-      Janek !

Mince on m'appelle. Ils n'ont pourtant pas besoin de moi. Les grands peuvent se débrouiller tout seul quand même. Et puis pourquoi m'appeler Janek ? D'accord, les fins de banquet de communion solennelle ça leur fait mélanger les neurones. Mais quand même, mon vrai prénom c'est Jean. Il faudrait savoir si on joue l'intégration républicaine ou non !

1972

L'atmosphère est lourde à la maison ce soir. Il fallait bien rentrer, quitter la famille, reprendre le travail demain. Le père n'est pas bien. Il sait que c'est idiot de rentrer. Il sait que le sien, de père, n'en a plus pour longtemps, que c'est une question de jours, peut-être même d'heures. Silicose, maladie des mineurs. Il nous a emmenés le voir. Mais il fallait rentrer. Parce que la vie c'est comme ça. Si c'est vrai, c'est nul, la vie.

1924

Le train fait une halte à Strasbourg. Le voyage a été long depuis Poznań. Et il n'est pas totalement fini. Certains iront vers le Nord-Pas-de-Calais, d'autres vers la Bourgogne. C'est le moment de se séparer. Tous ont en poche le sésame de leur vie nouvelle : le contrat de travail proposé par la Mission Française pour le Recrutement de la Main d'Œuvre en Pologne, pour le compte des entreprises minières françaises. La France a besoin de bras après la Grande Guerre. La Pologne quant à elle souffre pour retrouver ses marques sur son nouveau territoire après l'armistice de 1918 qui a stabilisé sa frontière occidentale et le traité de Riga de 1921 qui a fixé, temporairement, ses frontières à l'Est avec la future Union Soviétique. Elle souffre tant qu'elle n'a plus rien à offrir à ses paysans, surtout ceux qui furent prussiens avant 1918 avant de redevenir polonais ensuite. Franciszek en fait partie. Alors, lorsque la Mission est venue le démarcher, il a accepté. Et il est parti, laissant derrière lui sa femme et son tout jeune fils, le temps d'aller s'installer dans leur terre promise. Et aujourd'hui il est arrivé à Strasbourg. Et il respire l'air de la liberté, de l'avenir retrouvé. Il est heureux. Il respire à pleins poumons. Ces poumons qui bientôt vont commencer à se refermer, lentement.

1972

Les charitables sont là. C'est leur heure. Nous allons nous mettre en marche. Ça fait du bien après la cérémonie religieuse. Je n'ai pas vraiment connu le père du père. Je ne lui ai même jamais parlé. Pas seulement à cause de la langue. On ne s'intéresse pas aux ancêtres quand on est petit. Ils ne font pas partie de notre monde. Ils sont trop vieux, trop loin. Ils font peur même. On ne veut pas les voir. Comme si une prémonition nous éloignait sagement d'eux. La mort ne fait pas partie du monde des petits. Jusqu'au jour où elle frappe à leur porte, doucement, comme par hasard, comme pour dire tout simplement : Bonjour, je m'appelle la Mort, et nous allons désormais vivre ensemble.

Les charitables sont là. J'aime bien leur habit et leur rituel. Comme lorsqu'ils se saluent du bicorne pour se relayer en transportant le cercueil du mort. Il pleut. Nous nous mettons en marche.

1188

C'était pendant l'épidémie de peste du 12ème siècle. Les morts s'amoncelaient. Et comme personne ne s'en occupait, ils contaminaient les vivants. Pas par méchanceté. Seulement parce qu'ils ne pouvaient pas faire autrement. Alors le bon Saint Eloi est apparu en vision à Gauthier et Germon, les maréchaux-ferrants de Béthune et de Beuvry. Il leur a dit qu'il fallait s'occuper des morts, et que lui Saint Eloi les protégerait contre la peste. Ils y sont allés. Ils ont fondé leur association, ont recruté du monde, ont enterré les morts, et la peste a disparu. Depuis, les charitables continuent de s'occuper de tous les morts, quels qu'ils soient.

1988

Le téléphone sonne. Je m'en doutais, mais ça surprend toujours. Avec la mère de mon père non plus je n'avais pas eu beaucoup d'échanges. Elle parlait polonais et allemand. Moi pas. Il faut dire qu'elle avait rejoint son mari en France il n'y avait à peine plus qu'une soixantaine d'années.

1926

Le quai de la gare de Béthune est noir de monde. Noir. Mais eux sont tous pimpants. Oublié pour un temps le fond glauque de la mine. Fraîchement rasés, costume neuf, chapeau stylé, fleur à la boutonnière. Ils sont là, attendant leurs épouses qui ont fait aussi le grand saut de l'émigration. Franciszek est au milieu d'eux. Tous font partie d'un même corps social, d'une même camaraderie de travail, de vie. Rude. Les mineurs. Mais aujourd'hui, ils sont seuls. Seuls avec leur histoire. Seuls avec leur passé et leur avenir réunis dans un même moment de présent. Seuls avec leurs sentiments. Le train entre en gare. Il s'arrête en exhalant sa vapeur, comme pour reprendre son souffle après toute cette distance parcourue, tout ce temps passé, toute cette attente retenue. Des chants montent du quai. Des chants dans une langue encore inconnue il y a peu par ici. Des chants qui disent l'espoir jamais perdu, la nostalgie bienveillante, le bonheur d'être là. Des chants qui veulent retenir l'instant. Les voyageuses descendent du train, hébétées de fatigue et d'émotion. Leur regard est plein de certitude. Elles sont arrivées là où leur vie va désormais se vivre. Dans une main une valise. Dans l'autre pour certaines, celle de leur petit qui depuis peu sait marcher tout seul. Elles cherchent un regard. Le regard de celui qui leur a promis une vie nouvelle. Elles cherchent dans la foule. Il est là.

1988

Le cortège des charitables arrive rue de La Marne. Nous passons devant sa maison. Elle y cuisinait des plenzé, des ponchki et plein d'autres choses. Mais ce sont les plenzé que j'ai en tête. Et puis la reproduction picturale de la Cène de Léonard de Vinci, trônant au-dessus de la table de la salle à manger. Et le goût de l'aneth sur je ne sais plus quel plat. Je n'ai jamais retrouvé le même goût d'aneth. Il fait beau.

1992

La maladie des mineurs. La silicose. Fierté d'aller au

fond, de braver un métier si dur. Un métier d'hommes. Pour en faire quoi ? Pour en mourir ? Je n'ai jamais compris. Mon père avait compris, lui. Descendre encore au fond n'était plus pour lui. Alors il avait fui. Dans les études. Contre vents et marées. Pour que nous devenions peut-être un jour ses voiliers.

1949

Quand on a été chauffeur dans l'Afrika Korps, et peut-être même chauffeur de Rommel à l'occasion ; quand on a fait des milliers, voire plus d'un million, de kilomètres dans le désert ; quand on s'est fait capturé lors de la retraite de El-Alamein et qu'on s'est retrouvé prisonnier de guerre dans le Michigan à faire les moissons ; quand ensuite on a été envoyé à Béthune dans les mines de charbon ; quand on y a trouvé l'amour en renonçant à repartir dans une Allemagne de l'Est bouleversée par une dictature qui en suivait une autre ; alors la mine et sa cruauté donnent peut-être un nouveau sens à la vie. Je ne sais pas.

1992

Le cortège des charitables pénètre à présent dans la rue de l'Ancre. Lui, le prisonnier de guerre allemand qui avait épousé la sœur du père, y avait sa maison des Houillères. Celle-là même où le père était né. Celle-là même dans laquelle sa femme va vivre ensuite seule longtemps, privilège des mineurs. Il y a tout refait, tout réaménagé, construit un poulailler, un garage, bien trop bas de plafond pour y faire entrer une voiture avec une table sur la galerie une veille de communion solennelle. Il y passe devant une dernière fois, escorté cette fois-ci à son tour par les charitables. Il pleut.

2017

Sto lat ! Sto lat ! Niech zyje, zyje nam.
Sto lat ! Sto lat ! Niech zyje, zyje nam.
Jeszcze raz! Jeszcze raz!
Niech zyje, zyje nam.
Niech zyje nam.

Vivre cent ans. Foutaise, ça ne marche pas chez les mineurs. Ça marche rarement aussi chez les autres. Ça n'a pas marché avec le père, ni avec le frère. Ça n'a pas marché non plus aujourd'hui avec la sœur du père.

Les charitables le savent, eux. Mais ce n'est pas leur travail que de le dire. Pour le moment, ils auraient bien voulu continuer d'emprunter la rue de l'Ancre, devenue rue Popieluszko, mais que veux-tu, les travaux, la sécurité. À moins que ce soit parce que cette rue est devenue avec le temps une impasse.

Alors ils nous attendent directement au cimetière. Ils veillent sur le dernier voyage de la sœur du père, celle qui avait osé épouser un prisonnier de guerre allemand, celle qui n'a jamais voyagé autrement que dans ses livres et ses documentaires télévisés, et qui pour dernier hommage musical à la vie qu'elle avait tant aimée est accompagnée par le son nostalgique des cornemuses écossaises.

- Notre devoir est accompli, monsieur le Prévost, dit l'un des charitables en se retournant vers celui d'entre eux qui dirige la marche.

J'entends le Prévost s'approcher de moi. J'ai de plus en plus froid. Je n'y vois plus très bien. Je sens que tout le monde est là. Et pas seulement les vivants. Les visages et les dates se mélangent. Tout devient confus. J'ai du mal à respirer.

J'entends une dernière fois la voix du Prévost, si proche et déjà lointaine.

- Janek peut reposer en paix.

Le fredonneur de Hambourg

Jean-Philibert se souvenait maintenant.

Ça venait de très loin, d'aussi loin peut-être même qu'un être humain puisse se souvenir de sa vie, vers l'âge de trois ou quatre ans. Il faisait beau et la barrière qui fermait le jardin au fond de la maison était restée ouverte.

- Tu n'as pas le droit, lui répétait sa maman, pour son bien vraisemblablement, quand il s'approchait de cette limite de son monde d'enfant.
- Tu n'as pas le droit.

Mais aujourd'hui il avait trois ans trois quarts, il était donc grand et on verrait bien si on continuerait encore longtemps de lui interdire des choses ! Alors il avait franchi la barrière, d'un coup, parce que sinon ça aurait été plus difficile. Et c'est une fois de l'autre côté que tout avait commencé, qui ne le quitterait dorénavant plus jamais, cette façon bien à lui de fredonner sans cesse, en toutes circonstances, et pas seulement pour se donner du courage comme en ce jour fondateur où il avait su braver l'interdit pour aller à la rencontre de sa liberté.

Ce jour-là, c'était Pierre et le Loup qui l'accompagnait. Le 33 tours, que son papa avait acheté pour ses trois ans et que sa maman aimait écouter avec lui et ses deux frères plus âgés, était tout rond et tout beau dans son album aux pages remplies de dessins. Pierre c'était lui évidemment. Le chat, c'était le chat. L'oiseau était là sur la branche. Le canard, il n'en avait encore jamais vu, alors c'était pas bien grave s'il se faisait manger par le loup. Le loup non plus il n'en avait jamais vu, mais il lui faisait peur, sans pour autant être antipathique. Les chasseurs par contre étaient méchants parce qu'ils tuaient le loup. Et puis aussi parce que les timbales qui les représentaient faisaient trop de bruit, alors que la clarinette du chat ronronnait, la flûte de l'oiseau était gaie, le hautbois du canard rigolo et le violon de Pierre plein de vie. Même le cor du loup était doux. La musique envahissait sa tête à chaque pas, et puis elle sortit de sa bouche, comme ça, d'un coup. Il savait dorénavant chanter, pour lui, tout seul, et ça ne le quitterait plus.

Plus tard, Jean-Philibert apprit à siffler les airs qui lui passaient par la tête. Il découvrit que sa tessiture en était augmentée, et qu'il pouvait aussi s'en servir pour converser avec les oiseaux. Pas tous évidemment, les oiseaux ne sont pas forcément très ouverts sur le monde et recherchent rarement le contact avec les humains. Mais il y en a quand même qui s'y risquent, parfois à leur détriment, qui osent aussi braver leurs interdits et leurs peurs, comme lui-même l'avait fait au fond du jardin. Et ceux-là, Jean-Philibert savait les reconnaître. Il leur demandait comment ça allait, et ils lui répondaient que ça allait. Le matin, il leur demandait du fond de son lit s'il faisait beau. Et ils lui répondaient qu'il faisait beau et alors il se levait. Certains matins, ils leur demandaient s'il ne faisait pas beau, et ils répondaient qu'il ne faisait pas beau. Alors ces matins-là, il se retournait dans son lit et se rendormait.

Mais bien vite, Jean-Philibert comprit qu'il lui fallait conserver pour lui tout seul ses airs qui lui passaient par la tête. Les gens le regardaient d'un air bizarre quand il se mettait à chanter ou à siffler, sans raison apparente pour eux, et ça le mettait alors mal à l'aise. Pourtant, c'était plus fort que lui, il fallait que la musique sorte de sa tête, physiquement. C'est alors qu'il découvrit que le monde est sourd en deçà d'un certain nombre de décibels. Ce qu'il fallait donc, c'était tout simplement régler le volume, fredonner et ne plus chanter. Et tant pis si personne ne pouvait plus dès lors partager ses joies et ses peines, ses bonheurs et ses mélancolies, pour ce que ça sert après tout, se disait-il. Il devint alors fredonneur.

Il n'était pas plus heureux pour autant, mais il arrivait au moins à supporter la vie. Il savait ainsi rendre hommage à la nature lorsqu'il se promenait, dire bonjour aux animaux qu'il croisait, accompagner ses visites de musées de musiques d'époque, dépouiller les votes des scrutins politiques au son de chansons révolutionnaires qui n'auraient pas été au goût de tout le monde, affronter ses angoisses avant les examens scolaires, célébrer ses succès aux mêmes examens scolaires, affronter plus tard les mêmes angoisses et célébrer les mêmes succès dans sa vie professionnelle, rêver à sa belle, pleurer à cause de sa belle. Et oser s'exprimer ses angoisses, les sortir de sa tête, vivre avec elles à défaut de ne pouvoir jamais les vaincre.

La vie passant, son répertoire de musiques intérieures s'enrichit. Il avait gouté un peu à tout, mais ce qui le tenait le plus au bout du compte était la musique classique, le folk et les musiques de film. Il y avait aussi ces petites musiques à lui, qu'il s'était composé pour ses fredonnements, sans trop savoir comment. Elles allaient et venaient, gaies ou mélancoliques, sans qu'il ne puisse les coucher sur une partition quand il essayait en vain de s'en souvenir.

Ce jour-là, Jean-Philibert était en voyage d'affaires à Hambourg. Ses réunions s'étaient bien déroulées la veille, et il profitait de cette première journée de printemps pour découvrir cette ville qu'il ne connaissait pas en attendant son vol de retour du soir. Marcher au hasard des rues était pour lui le meilleur moyen de ressentir l'âme des villes. Il avait mal dormi, voire presque pas dormi du tout, à cause d'une petite phrase que lui avait adressée sa belle par téléphone la veille au soir alors qu'il lui déclarait, une fois encore, son amour. Il l'aimait, mais plus elle apparemment, ou alors plus assez, ou alors différemment de ce que leur amour avait été et qu'il n'était plus, usé peut-être par le temps. Alors elle lui avait sorti une petite phrase assassine, à sa façon, et il ne s'en remettait pas, comme à chaque fois. Il s'était levé tôt ce matin, avait rejoint à pieds le centre de la vieille ville, ses canaux et entrepôts de briques d'un autre âge, s'était mis à l'abri de quelques averses matinales sous les arcades qui jouxtent le Binnenalster, puis s'était dirigé vers son hôtel pour récupérer ses bagages en coupant à travers le parc Planten un Blomen. Toutes sortes de jonquilles étalaient leurs jaunes sur les pelouses du parc. Et Jean-Philibert fredonnait, sans savoir pourquoi, la musique du film Paris brûle-t-il ?

Sans savoir pourquoi, vraiment ? Ou bien parce qu'on y parle d'un Paris en colère quand on touche à sa liberté, et qu'il était en colère ce jour-là, Jean-Philibert, à cause de cette petite phrase assassine que sa belle lui avait lancée de la veille.

Mais maintenant ça n'avait plus d'importance, ou en tout cas Jean-Philibert sentait bien que c'était trop tard, et donc que ça n'avait plus d'importance. La petite musique qu'il s'était composée il y a longtemps pour sa belle avait du mal à revenir à ses lèvres. Elle était remplacée par un bip...bip...bip continu, rythmant il ne savait quoi, qui l'empêchait de se concentrer, tout comme l'empêchaient de se concentrer tous ces gens en blanc qui s'affairaient autour de lui. Il essayait pourtant de s'accrocher, de se rappeler à quoi il pensait lorsqu'il avait traversé la route au feu vert pour les voitures mais pas pour lui, sans les voir venir.

-    Vous n'avez pas le droit, lui avait-elle dit hier soir au téléphone.

L'estive

Ils ne m'aiment pas, et moi non plus je ne les aime pas.

Pourtant, je ne suis pas un solitaire, encore moins un misanthrope. Je suis ici, au milieu des miens, dans un pays que j'aime. Enfin surtout l'été, dans ce qu'ils appellent les estives. L'hiver, c'est différent, forcément. L'hiver, je reste seul, forcément aussi. C'est peut-être pour ça qu'ils ne m'aiment pas, et que moi non plus je ne les aime pas. Mais comment faire autrement. Et puis, ça servirait à quoi de faire autrement. Ça serait même pire, sûrement, de faire autrement. Ça n'irait pas très loin, en tout cas pas très longtemps. Il y en a même qui diraient que c'est contre-productif. Un drôle de mot que je ne sais pas très bien ce qu'il veut dire mais que j'ai entendu l'autre jour, alors que je faisais la sieste parmi les miens parce qu'il faisait beau et que tout était calme.

Je ne l'aime pas celui qui a dit ce mot l'autre jour. Il vient de la Direction Départementale des Territoires, la DDT comme dit Jean-Philémon. Jean-Philémon, lui, il est vraiment misanthrope je crois. Pas seulement parce qu'il n'aime pas celui de la DDT, mais je le connais bien maintenant depuis toutes ces années. Il vit ici tout seul dans les estives l'été, et l'hiver il part au bout du monde, en Nouvelle-Zélande, une île lointaine où ils font les estives quand l'hiver ici c'est l'été là-bas.

Je le sais qu'il va au bout du monde, en contre saison comme il dit, parce qu'il en a parlé l'autre jour à une petite de Paris, comme les gens d'ici disent entre eux pour marquer leur différence mais avec respect pour celle qu'ils nomment la petite. Elle vient de Paris, du Ministère comme Jean-Philémon dit à Virgile, son chien de conduite noir et blanc. Un bon chien, qui connaît bien son travail et qui en plus est le confident de Jean-Philémon, surtout le soir quand les jours sont longs dans les estives. Elle, je l'aime bien, la petite du Ministère. C'est pas comme celui de la DDT. Elle discute avec Jean-Philémon, essaie de le comprendre, trouve des solutions. Jean-Philémon l'aime bien aussi j'en suis sûr. Faut dire qu'avec ses chaussures de randonnée et son sac à main à rabats multiples de chez Nature et Découvertes, elle sait s'adapter aux conditions de l'estive qui n'ont rien à voir avec celles de la ville, enfin à ce qu'en dit Jean-Philémon à Virgile.

Moi, je ne sais pas ce que c'est la ville. Moi, ce que je connais, c'est la montagne, ici avec les miens. L'été dans les estives, l'hiver un peu plus bas dans la vallée, un peu plus seul aussi parce qu'il me faut plus de grand air que les miens et que Jean-Philémon est parti de l'autre côté du monde, et qu'il n'y a pas de travail pour moi forcément à ce moment-là de l'année. Il y a bien Marie-Hélène, heureusement, qui vient me voir de temps en temps. Marie-Hélène, c'est une amie de Jean-Philémon qui surveille les miens l'hiver quand ils sont à la maison. Mais Marie-Hélène ne fait que me jeter un œil de loin quand elle passe m'apporter un peu de nourriture. Elle reste toujours à distance, parce qu'elle croit que je suis misanthrope et ne veut pas me déranger, alors bien sûr ça n'aide pas à la conversation.

Elle a tort parce que j'aimerais bien discuter avec elle. Mais elle a raison aussi. Ce serait contre-productif qu'il dirait, l'autre type de la DDT. Alors c'est certainement mieux comme çà qu'elle ne me parle pas. Parce que dans mon métier, il vaut mieux être productif plutôt que contre-productif. Sinon, fini les aides financières du Ministère pour lutter contre les attaques des loups et des ours, fini les visites de la petite de Paris, fini les bises de Jean-Philémon à Marie-Hélène, fini le grand air dans les estives pour moi et les miens.

Alors, il me faut continuer à faire croire que je suis misanthrope, même si c'est parfois dur d'être un mouton qui s'appelle Patou.

La clef des champs

Ça faisait trois jours que Jean-Guillaume la cherchait, et il ne la retrouvait toujours pas.

C'était pourtant par ici qu'il l'avait découverte, au beau milieu du Bois de Vincennes. Il en était sûr. Même si ça remontait à une dizaine d'années. Comme aujourd'hui, il errait alors dans le Bois, peut-être pour les mêmes raisons, peut-être pas, il ne sait plus, ou ne veut pas le savoir. C'était déjà rude à l'époque dans sa tête. Au point qu'il lui arrivait même de fuir son bureau dans lequel il étouffait pour aller se perdre trois jours durant dans le Bois, histoire d'échapper à la pression du regard des autres. Et puis ça s'était calmé avec le temps, parce qu'il faut bien que ça se calme. Calmé et non pas évanoui, ou mieux, évaporé, comme il avait fini par le comprendre. Il s'était alors habitué à vivre avec ses angoisses qui repointaient malgré tout le bout du nez de temps en temps.

C'est lors de l'un de ces moments d'errance qu'il avait trouvé la petite porte verte grillagée donnant accès à un enclos protégé. Son regard avait été attiré par un faisan aux plumes bariolées qui se trouvait de l'autre côté de la petite porte. L'oiseau était beau. C'était si surprenant, en plein Paris, ce bel oiseau, comme un appel à entrer dans cet enclos. Jean-Guillaume avait alors poussé la porte et il avait vu l'homme. Un homme étrange, au teint mat, qui portait l'habit de travail gris des agents d'entretien des espaces verts de la Ville de Paris. Étrange n'était pas le bon mot. Énigmatique non plus. Singulier plutôt. Jean-Guillaume l'avait salué de la tête et l'homme lui avait adressé un sourire de paix en retour. Le faisan s'était éloigné tranquillement avec ses longues plumes à sa suite. Jean-Guillaume avait respiré la quiétude du lieu, puis s'en était reparti en refermant la petite porte verte. Et tout était rentré plus ou moins dans l'ordre dans sa tête.

Jean-Guillaume était par la suite retourné travailler. Il avait réussi à donner le change pendant nombre d'années, assurant ses tâches comme si de rien n'était même si c'était au prix d'efforts par moment surhumains. Certes, il rechutait de temps en temps, mais plus jamais au point de repartir errer trois jours durant dans le Bois de Vincennes. Il préférait alors s'arrêter une journée pour aller marcher dans Paris. Juste s'arrêter et marcher, voir des visages, écouter des bribes de conversations, ne pas avoir l'impression d'être seul tout en l'étant. Dans cette ville qu'il aimait tant parce que tout y est tellement imbriqué, le passé, le présent, et qui sait peut-être, l'avenir aussi.

Ses pas le conduisirent un jour du côté de la Cour Carrée du Louvre. Il aimait bien cet endroit. Au milieu de la ville, sans bruit. Au milieu de cet ancien lieu de pouvoir. Il avait traversé une bonne partie de la ville, depuis Denfert, après une réunion d'affaires bien trop longue à son goût. Il faisait beau et il voulait rejoindre à pieds la ligne Une du métro pour rentrer chez lui. Depuis quelques temps, ses angoisses revenaient et devenaient de plus en plus tenaces. Mais il fallait tenir, c'était comme ça. Après une pause dans un coin de la place, il se mit en mouvement, longea la pyramide de verre de Pei, et s'engouffra dans le métro à la station Palais-Royal/Musée du Louvre.

Sur le quai, l'homme était là, assis sur un banc en direction du Château de Vincennes. Jean-Guillaume le reconnut tout de suite. L'homme aussi, qui le regardait fixement. Jean-Guillaume s'approcha, et sans un mot l'homme lui tendit la clef d'un cadenas, marquée City dessus. D'un geste ample, il lui fit signe de ne rien dire et de prendre la rame qui entrait dans la station. Jean-Guillaume s'exécuta, comprenant que de toute façon il n'avait pas le choix. Cette rencontre inopinée lui redonna toutefois du baume au cœur.

Les années passèrent. Aujourd'hui, Jean-Guillaume cherche à nouveau cette petite porte verte dans le bois de Vincennes. Trois jours qu'il la cherche. Il en a besoin, comme d'un retour sur lui-même. Que s'est-il passé pendant ces dix dernières années qui le ramènent là, comme en un point de départ ? Ou bien que ne s'est-il pas passé, plutôt ? Il n'en sait plus rien. Et c'est pour ça qu'il a besoin de retrouver la petite porte verte.

Tout d'un coup, elle est là. Au même endroit bien sûr. Il ne l'avait plus remarquée, alors même qu'il y passait devant si souvent lors de ses promenades quotidiennes. Il s'en approche. Un cadenas en ferme l'accès cette fois. Jean-Guillaume porte la main à son cou et tire doucement sur la cordelette qui l'entoure. Au bout de la cordelette, il saisit la petite clef marquée City dessus. Il savait qu'il en aurait besoin un jour, et ce jour c'est aujourd'hui. Il introduit la clef dans le cadenas qui ferme la petite porte verte. Il tourne la clef, et libère le cadenas. La végétation a poussé depuis dix ans. Le chemin lui-même se perd entre les arbres. Un reboisement réussi, se dit Jean-Guillaume en s'y engageant.

Le chemin tourne à droite puis un peu plus loin à gauche et s'arrête au bord d'une mare dans laquelle nagent quelques oiseaux d'eau. Les arbres sont magnifiques et gigantesques. Des chevreuils passent en troupeau. Un lièvre aux grandes oreilles fait la course avec une tortue de terre. Des perruches vertes pourchassent des écureuils qui leur lancent des noisettes à la figure. Des chevaux mustang et appaloosa partent au grand galop dans la grande plaine qui s'ouvre au-delà de la mare, là-bas où un troupeau de centaines de bisons broutent tranquillement.

L'homme est là, assis sous un grand chêne. Il a le crâne rasé et porte une coiffe faite de plumes de faisan et d'aigle mélangées. Il est revêtu d'une couverture indienne sur les épaules. Il sourit.

Jean-Guillaume lui remet la clef qu'il lui avait prêtée.

Il sait qu'il n'en a plus besoin désormais.

Clins d'oeil

Guillaume APOLLINAIRE – Calligrammes
HERGÉ – La crabe aux Pince d'Or
Jean-Paul SARTRE – La Nausée
Bivouac sous les Etoiles - Mhamid
René CHAMBE - L'épopée de Gironde
Félix LECLERC - chanteur
MALICORNE – La Luneuse
Rita MESTOKOSHO – Née de la pluie et de la terre
Nicéphore NIEPCE - photographe
J.K.ROWLING – Harry Potter – L'Ecole des Sorciers
Robert ENRICO – Les Grandes Gueules
Mikhaïl BOGATYREV – Peintre
Christian BARBIER - L'Homme du Picardie
Jules VERNE – Le Tour du Monde en quatre-vingts
jours
Léonard de VINCI – la Cène
René CLÉMENT – Paris brûle-t-il ?
Sergueï PROKOFIEV – Pierre et le Loup

TABLE